Irene Stratenwerth, Thomas Bock

Die Bettelkönigin

Hildegard Wohlgemuth,
das Vorbild für die Bettelkönigin.

Foto: Alfred Steffen

Irene Stratenwerth schreibt auch sonst sehr viel, zum Beispiel bei der Frauenzeitschrift *Brigitte*.

Thomas Bock ist Professor am Hamburger Universitätsklinikum und schreibt sonst eher Fachbücher.

Irene Stratenwerth, Thomas Bock

Die Bettelkönigin

Illustriert von Hildegard Wohlgemuth, der »Bettelkönigin«

Kids in BALANCE

Samstag 26. März

Sonntag 27. März

Montag 14. Mai

Personen

Felix begegnet Finchen und Maruschka und mit beiden einer fremden Welt

Finchen eigentlich Josefine Schnelle, redet wenig, aber weiß sich zu helfen

Maruschka ungekrönte Königin der Bettler, malt gegen ihre schrecklichen Erinnerungen an, hat 20 Röcke und 20 Kinder

Jan Maruschkas Freund, groß und finster, trägt seine Haare wie ein Irokese, betritt keine Häuser aus Stein und ist auch sonst ein Indianer

Hero Jans schwarzer Hund mit rotem Halstuch

Lena Felix' Mitschülerin, anfangs eifersüchtig, später neugierig, immer vorlaut

Carlo Felix' älterer Freund, in Mathe schlecht, sonst clever, im richtigen Moment zur Stelle

Jürgen Klaps hat plötzlich Leben in der Bude und fängt vor Schreck wieder an zu stottern

Zorro trägt schwarze Umhänge und betet für den Frieden

Lehrer Hansen erklärt viel und hört wenig

Außerdem

Mütter und Väter,

Kinder und Kindeskinder,

Zwillinge und Polizisten,

einige "Glatzen",

die Marktfrau Dreesen,

ein starker Mann mit traurigen Augen

und der Gute Sankt Georg

Montag 21. März

Frühling oder die Frau mit dem Roller

Lässig und ein wenig gelangweilt angelte Carlo den Ball aus dem Tor und kickte ihn zu Felix zurück. Tor! Na ja, Tor, dachte Felix. Links ein Laternenpfahl, rechts ein Mülleimer, den sie aus dem nächsten Hauseingang herangerollt hatten. Der spärlich bewachsene Rasenstreifen, der die Häuser der Siedlung von der Straße trennte, war zum Fußballspielen eigentlich viel zu schmal. Normalerweise würde sich gleich irgendwo ein Fenster öffnen. Ein Erwachsenenkopf würde erscheinen und irgendwas von Hausordnung keifen. Felix kannte das, seit er ein Baby war.

Doch heute war wohl niemand in Meckerstimmung. Etwas lag in der Luft. Es wird Frühling, sagten die Leute, die an Felix und Carlo vorbeigingen, und sahen dabei richtig blank geputzt aus. Endlich. Nach einem endlos langen, schmuddelig kalten und langweiligen Winter tauchten die Sonnenstrahlen dieses ersten warmen Märztages die Straße in ein besonders mildes Licht.

»Kann ich mitspielen? Bitte!!« Ein kleiner, semmelblonder Junge kam auf das winzige Fußballfeld gesaust. Lukas war gerade mal eben halb so alt wie Felix. Er japste nach Luft und ruderte aufgeregt mit den Armen. Wie von einem unsichtbaren Gummiband gezogen kam ein Mädchen hinter ihm hergeschlendert. Lena. Offensives Mittelfeld, dachte Felix. Fußball spielen kann sie echt toll.

»Okay!« Carlo mimte sofort den Trainer. »Lukas, du spielst

mit mir, und deine Schwester mit Felix.« Aber Lena schüttelte entschieden und ungnädig den Kopf. »Ihr könnt von mir aus auf Lukas aufpassen. Aber Fußball, ohne mich!« Sie reckte den Hals und starrte angestrengt an den beiden Freunden vorbei, die Straße hinunter. »Ich spiele jetzt nämlich im Volleyball- Verein«, setzte sie wichtig hinzu. »Meine Trainerin sagt, mit Fußball versau' ich mir meine Beinarbeit.«
Carlo grinste breit: »Wann dürfen wir denn kommen und dir dabei zujubeln?« Das Mädchen warf ihm einen giftigen Blick zu.
Dann sagten sie alle drei eine Weile überhaupt nichts mehr. Ein bißchen verlegen standen sie plötzlich auf der Straße herum, während Lukas den Ball gegen den Mülleimer donnerte.
Felix kannte Lena und Carlo, seit sie zusammen Sandkuchen gebacken hatten. Und doch waren sie ihm plötzlich irgendwie fremd. Es war bestimmt ein halbes Jahr her, dass sie zuletzt zusammen draußen gewesen waren. Früher hatten sie hier immer »Tikken« gespielt. Warum schlug das eigentlich jetzt keiner mehr vor?
»Ey, guck mal die da«, sagte Lena in diesem Moment und deutete die Straße hinab. Eine ziemlich merkwürdige Gestalt kam da auf sie zu. Besser gesagt, sie rollte. »Die hat ja mindestens zwanzig Röcke an«, kicherte Lena. Die Frau schien in unzählige Schichten von Handgestricktem verpackt zu sein. Unter einem bunt geringelten Strickrock waren eine rosafarbene und eine grellgrüne Lage zu erkennen. Darunter ragten zwei mächtige Säulen in blasslila Strickhosen hervor. Um den Oberkörper der Frau spannte sich ein blauer Pullover mit einer Kuh darauf. Darüber schlabberte eine Weste, die offenbar aus Topflappen zusammengesetzt worden war.

Ein knallroter Strickmantel, der vorn nur mit einer großen Sicherheitsnadel zusammengehalten wurde und der Frau bis auf die Knöchel hing, rundete das Ganze ab. Im wahrsten Sinne des Wortes. Die Frau war kaum größer als Lena, aber so breit wie ein Auto, stellte Felix fest. Ein kugelrundes Wollknäuel.
Doch das Allerseltsamste war, dass die Frau einen Roller hatte. Einen Roller! Felix hatte nie einen gehabt. Roller waren was für Babys oder Zirkusclowns. Dieser Roller aber war groß, fast zu groß für die kleine Frau. Vorn am Lenker waren mehrere Windräder befestigt, die sich im Fahrtwind drehten. Außerdem hing da eine Pappe mit einem sehr bunten Bild. Auf dem Gepäckträger war ein ganzer Turm unterschiedlichster Dinge sorgfältig aufgeschichtet und festgezurrt: Ein kleiner roter Pappkoffer war zu erkennen und ein ziemlich zerfledderter Korb, einige bunt bemalte Holzstangen, viele Plastiktüten, ein Teddybär, ein zerbeulter Kochtopf.
Lukas starrte die Rollerfahrerin begeistert an. »Die is' so alt wie 'ne Oma und sieht aus wie ein Kind!« schrie er aufgeregt. Lena versuchte sofort, ihrem kleinen Bruder eine Hand vor den Mund zu halten. Zu spät. Mit einer entschlossenen Vollbremsung kam die Frau vor den Kindern zum Stehen. Felix wurde mulmig. Jetzt konnte es peinlich werden. »Kindchen«, mit einem merkwürdigen Singsang in der Stimme begann die Frau zu sprechen und sah dabei unentwegt Felix an, »Kindchen, natürlich darfst du auch mal mit meinem Roller fahren.«
Felix wurde heiß und kalt. Carlo und Lena entspannten sich sichtlich. Von denen war keine Hilfe zu erwarten. »Ich habe doch gar nix gesagt ...«, stammelte er verlegen.

»Kindchen!«, entgegnete die runde Frau resolut. »Wer so alt ist wie ich, der sieht sowas mit dem Herzen! Es ist ein herrlicher Roller. Nix wie los.«

Felix wunderte sich. Hatte die Rollerfahrerin Zauberkräfte, konnte sie etwa Hypnose? Ganz ruhig und bestimmt hielt sie ihm den Lenker hin. Einen Moment schien die Zeit stillzustehen. Dann setzte er vorsichtig einen Fuß auf das Trittbrett und gab mit dem anderen Schwung. Er staunte, wie leicht das ging. Na gut, einmal um den Block, das würde reichen. Schon flogen links und rechts die Hauseingänge an ihm vorbei. Die Leute, die ihm entgegenkamen, stoben auseinander. So 'n Roller ist'ne echte Geheimwaffe, schoss es Felix durch den Kopf. Sieht aus wie ein Spielzeug und zieht ab wie 'ne Guzzi.

Nun nur noch da vorne um die Ecke, dann kam ein kleiner Abhang. Dort hatten Carlo und er, als sie noch klein waren, ihre Spielzeugautos runterrollen lassen. Er legte sich in die Kurve, duckte sich über den Lenker, um noch schneller zu werden.

»Bahn frei«, schrie Felix, »für den Angriff des Superrollers!«

Das Mädchen, das völlig versunken auf dem Fußweg kauerte und auf die Erde starrte, schien ihn überhaupt nicht zu hören. Ausweichen? Bremsen? Schon war es zu spät. Der Roller schoss über den Kantstein. Im letzten Moment ließ Felix den Lenker los, sprang ab und landete schmerzhaft auf seinem Hintern. Mit großem Getöse knallte sein Gefährt auf den Asphalt, und der Gepäckturm schien zu explodieren.

Na super, dachte Felix. Das hat die Alte jetzt davon. Er saß im Rinnstein und massierte sich sein schmerzendes Hinterteil. Etwas benommen starrte er in das malerische Durcheinander, das sich auf der Straße ausgebreitet hatte. Da lag eine

Strickliesel mit einer langen, vielfarbigen Stricklieselkordel; da lagen Wäscheklammern aus Holz, auf die jemand kleine Gesichter gemalt hatte, ein ziemlich dickes Paket mit Butterbroten, ein abgewetzter Plüschaffe, mindestens 30 grellbunte Karten mit Buntstiftbildern, eine dicke Socke, zwei Babyjäckchen, ein Paar Äpfel, und so weiter, und so weiter. Junge, Junge. Der Inhalt seines Schulranzens war nichts dagegen.

Ohne ein Wort zu sagen, hatte das Mädchen begonnen, die Sachen einzusammeln. Erst jetzt erkannte Felix, dass es Finchen war. Finchen ging seit kurzem in seine Klasse, aber er hatte noch nie ein Wort mit ihr gewechselt. »Ich wußte gar nicht, dass du ein Hörgerät brauchst«, knurrte er sie an.

Finchen schaute auf und sah ihm direkt ins Gesicht: »Ich hab dich gehört. Aber da war ein Marienkäfer auf dem Fußweg. Ich wollte nicht, dass du den überfährst.«

Felix staunte. Stumm schaute er Finchen zu. So schnell und geschickt hätte er den Gepäckturm bestimmt nicht wieder aufschichten können. Also lieber keinen Streit.

»Fertig. Ich begleite dich zurück zu ihr«, erklärte Finchen wenige Momente später. »Ich sag', es war meine Schuld«, fügte sie tapfer hinzu.

Betrübt betrachtete Felix die Windräder am Lenker, die geknickt ihre Köpfe hängen ließen. Das Pappschild hatte ein unübersehbar riesiges Eselsohr.

Eine kleine Prozession bewegte sich jetzt auf die Unfallstelle zu. An der Spitze segelte die runde Frau. Mit kummervollem Gesichtsausdruck eilte sie Felix entgegen. Direkt hinter ihr her hüpfte Lukas. In gemessenem Abstand folgten Carlo und Lena, die sich das Lachen nur mühsam verkneifen konnten. Felix wäre am liebsten im Boden versunken: Diese bescheuerte Alte, der ramponierte Roller, und nun auch noch Finchen als seine persönliche Krankenschwester. Das konnte ja heiter werden.

»Kindchen«, seufzte die dicke, wollige Frau und wiegte ihren großen Kopf, »Kindchen, wie konnte das passieren? Hast du dir auch nicht wehgetan?«

Felix schüttelte den Kopf und fummelte stumm an den abgeknickten Windrädern herum. »Das macht doch nichts«, beruhigte ihn die Frau. Liebevoll streichelte sie den Gepäckturm, der durch Finchen wundersamerweise in seiner alten Form wiedererstanden war. »Alle meine schönen Sachen sind ja heil geblieben.«

»Wofür brauchst du das eigentlich alles?« Lukas hüpfte um den Roller herum und starrte die Frau neugierig an.

»Die Sachen«, wieder verfiel sie in ihren merkwürdigen Singsang, »die Sachen brauch' ich für meine Kinder.«

»Du hast Kinder!?« Lena rutschte es einfach heraus.

»Es sind zwanzig«, antwortete die Frau ganz ernst. Sie hielt den Kopf still, schien angestrengt auf irgendetwas zu lauschen. »Und jetzt muss ich zu ihnen nach Hause.«

Würdevoll raffte die kleine Gestalt ihre wollenen Röcke. Wenige Augenblicke später war sie mit ihrem Roller um die Straßenecke verschwunden. Stumm und erstaunt guckten die Kinder hinter ihr her.

»Ich kenne sie. Schon lange.« sagte Finchen. Verblüfft drehten sich Lena, Felix und Carlo zu dem zarten, dunkelhaarigen Mädchen um. Doch auch Finchen hatte sich schon verabschiedet. Den Blick starr auf den Boden geheftet trödelte sie davon. Ab und zu machte sie einen großen Ausfallschritt. Achtung! Ameisenstraße, dachte Felix.

Dienstag 22. März

Eine dämliche Aufgabe

Felix hatte es überhaupt nicht eilig, nach Hause zu kommen. Die Schule war für heute aus. Papa war irgendwo zwischen Hengelo / Holland und Nesselwang / Allgäu auf der Autobahn unterwegs und fuhr Jogurts spazieren. Und Mama hatte Frühschicht im Krankenhaus, konnte also kaum vor halb vier zu Hause sein. Außerdem hatte Felix ein Problem, über das er dringend nachdenken musste.

Da war dieser neue Lehrer. Herr Hansen, Kunst und Religion. Am Anfang hatte er einen reichlich lockeren Eindruck gemacht. Hatte dicke Bücher über Sterne mitgebracht und über das Weltall geredet. Sternbilder und Sternkarten sollten sie zeichnen. Es hatte richtig gut angefangen.

Jetzt aber wurde es ernst. Herr Hansen hatte gesagt: »Bisher haben wir über das große Universum gesprochen, in dem wir alle existieren. Nun wollen wir uns mal dem allerkleinsten Universum zuwenden, in dem ihr lebt: der Familie. Wir wollen in den nächsten Wochen alle eure Familien näher kennen lernen.« Das konnte ja heiter werden. Felix konnte sich jedenfalls nicht vorstellen, was Herr Hansen an seiner Familie so interessant fand. Sollte er etwa davon erzählen, wie sein Vater Freitagabends völlig genervt von seiner Jogurt-Tournee zurückkam? Wie Mama darauf wartete, ihm alles zu erzählen, was in dieser Woche wieder mal schief gelaufen war? Ziemlich oft hatte Felix in letzter Zeit dabei die Hauptrolle gespielt.

Früher war ja auch noch Kurt da gewesen. Kurt war Felix' Halbbruder und zehn Jahre älter als er. Kurt hatte viele Freunde, die zu Besuch kamen. Sie saßen mit ihren Motorradklamotten in der Küche, rauchten, redeten und hörten laute Musik. Das war interessant, und zu Felix waren sie meistens nett. Aber die Eltern hatten sich viel mit Kurt gestritten: Seine Musik war zu laut, seine Freunde mochten sie nicht und Kurt sollte endlich eine anständige Ausbildung anfangen. Vor ein paar Wochen war Kurt zur Bundeswehr gegangen. Seitdem war es zu Hause still und langweilig geworden. Und leider hatten Mama und Papa jetzt entdeckt, dass es auch an Felix ziemlich viel auszusetzen gab.

»Also«, hatte Herr Hansen gesagt, »um mit diesem Projekt zu beginnen, möchte ich euch bitten, dass ihr ein Porträt von all euren Familienmitgliedern zeichnet.« Felix hasste es, Menschen zu zeichnen. Wenn er überhaupt etwas zeichnete, dann waren das Mondraketen, Motorräder oder Rennwagen. Auf kariertem Papier. Diese Zeichnungen konnte er sozusagen auswendig. Sie glichen sich wie ein Ei dem anderen und gelangen immer.

Das »Porträt deiner Familie« war eine Hausaufgabe. Ob Vater und Mutter, Geschwister, Onkel, Tante oder Meerschweinchen mit aufs Bild kamen, war völlig gleichgültig, hatte Herr Hansen gesagt. Man sollte halt die Menschen und Tiere zeichnen, die zu einem gehören. Eine Woche hatten sie dafür Zeit. Und die Schachtel mit Buntstiften, die Mama ihm extra zum neuen Schuljahr gekauft hatte, lag wie Blei in Felix' Ranzen.

Erst jetzt bemerkte Felix Finchen. Sie hatte es offensichtlich auch nicht eilig, nach Hause zu kommen. Ein kleines Stück vor ihm trödelte sie die Straße entlang. Finchen. Heute, im Unterricht, hatte Felix, wenn er sich unbeobachtet fühlte, ein paarmal neugierig zu dem stillen Mädchen herübergeguckt und festgestellt, dass auch Finchen zusammengezuckt war, als Herr Hansen vom »kleinen Universum der Familie« sprach.

Unwillkürlich war Felix ein bisschen schneller gegangen und lief nun dicht hinter Finchen. Das Mädchen drehte sich erschrocken um. »Ach du bist es«, sagte sie erleichtert.

»Haste etwa Angst vorm schwarzen Mann?« fragte Felix lässig. »Nee«, sagte Finchen, »aber hier laufen manchmal so Jugendliche rum, die, die ...«

»Schon gut«, unterbrach sie Felix großzügig, »ich kann dich ja nach Hause begleiten.«

Finchen sah ihn groß an. »Ich will gar nicht nach Hause«, sagte sie, »da is sowieso keiner.«

»Na dann bring ich dich eben dahin, wo du hinwillst«, meinte Felix. Finchen wurde rot: »Ich will zur S-Bahn«, erklärte sie dann und setzte hastig hinzu: »Nur bis zum Westbahnhof.«

»Willst du verreisen?« staunte Felix.

»Nein, also, am Westbahnhof, da beim Brunnen, da sind meine Freunde, ehm, da bin ich jedenfalls ganz oft, wenn ich Langeweile hab«, stammelte Finchen. Ein wenig unschlüssig blieben die Kinder an der S-Bahn-Haltestelle stehen. Felix hätte gern noch etwas gefragt. Doch das Mädchen kam ihm zuvor: »Weißt du was«, sagte Finchen schnell und leise, »vielleicht kommst du einfach mal mit – ich zeig dir da was.«

»Ich habe kein Fahrgeld«, brummelte Felix unschlüssig.

»Ich auch nicht«, sagte Finchen, »bis jetzt isses noch immer gut gegangen – und wenn 'ne Kontrolle kommt, sagen wir einfach: Unsere Mutter ist im Krankenhaus, und wir haben kein Geld.« Das war ja nun in Felix' Fall noch nicht mal

H W.

S
HW. 1998.

gelogen. Bis zum Westbahnhof, das waren nur drei Stationen. Dennoch war ihm äußerst unbehaglich zumute. Aber jetzt kneifen, wo Finchen vor ihm stand? Und dafür langweilig nach Hause gehen?
»Na gut«, sagte er entschlossen, »ich hab eh' nichts Besseres vor.«

Ein Irokese am Brunnen

Sie fuhren erster Klasse. Erste Klasse ohne Fahrschein ist nicht verbotener als zweite Klasse, hatte Finchen behauptet. Ihnen gegenüber saß ein dicker Mann und schlief mit offenem Mund. Der sah auch nicht so aus, als hätte er eine Erste-Klasse-Fahrkarte in der Tasche.
Dann schon eher die beiden Damen in den Lodenmänteln. Sie hatten Felix und Finchen beim Einsteigen freundlich und ein bisschen falsch angelächelt und geflötet: »Wisst ihr Kleinen denn auch, wo ihr aussteigen müsst? Enorm, wie selbstständig die Großstadtkinder heute sind!« Felix malte sich lieber nicht aus, was passieren würde, wenn die Kontrolleure kämen. Als sie nach endlosen acht Minuten unbehelligt den Westbahnhof erreichten, war er für einen Moment richtig glücklich.
Felix kannte den Bahnhof. Von hier aus fuhren sie manchmal in Urlaub. Oder sie holten Oma ab. Dann war alles voll geschäftiger Menschen mit Koffern. Man sah Züge ankommen und abfahren und hörte viel versprechende Ansagen:
Der Sonderzug nach Garmisch-Partenkirchen! Und der aus Kopenhagen. Von hier aus gingen Schienenstränge bis nach Rom oder Paris oder Budapest, hatte ihm Papa erklärt und dabei selbst ganz glänzende Augen gehabt.

Aber Finchen interessierte sich nicht für abfahrende Züge. Zielstrebig machte sie sich auf den Weg zu dem Platz neben dem Bahnhof, rund um einen großen Brunnen. Hier begann eine ganz andere Welt. Alle Menschen schienen Zeit zu haben. Viele saßen und standen einfach so herum. Manche machten Musik, manche schliefen. Andere hatten Decken auf dem Asphalt ausgebreitet und verkauften Musikkassetten, Schmuck und allerlei Trödel. Seltsam gekleidete Männer saßen in Gruppen zusammen und tranken Bier. Penner, dachte Felix, Bettler. Irgendwie bedauernswerte Menschen, hatte seine Mutter gesagt.
Mitten auf dem Platz stand eine Gestalt, die Felix ziemlich bekannt vorkam. »Maruschka«, flüsterte Finchen, »ich habe sie Maruschka genannt.« Felix sah sie verständnislos an. »Kennst du nicht diese Puppen, die man aufschrauben kann? Und dann ist wieder eine Puppe drin und wieder eine? Die kommen aus Russland und heißen Maruschka. Und ich finde, Maruschka sieht genauso aus wie so eine Maruschka«, erklärte Finchen.
Felix starrte zu der dicken Frau hinüber. Sie stand einfach da und lächelte freundlich vor sich hin. Es schien fast so, als hätte sich ein unsichtbarer Kreis um sie gebildet. Maruschka hatte sich ein großes Schild umgehängt. Ein Schild mit bunten Bildern. Um zu lesen, was darauf stand, musste man näher herangehen. Felix zögerte. »Hallo Kindchen«, schallte es aber schon fröhlich über den ganzen Bahnhofsplatz, »hast du dich von deinem Sturz erholt?« Felix wusste, dass keiner außer ihm gemeint sein konnte. »Willste wissen, was auf meinem Schild steht?« fragte die russische Zusammenschraubpuppe. Er warf einen verstohlenen Blick auf die krakelige Kinderschrift und begann zu entziffern:

»Bin schizophren! Male gern. Brauche Geld für neue Stifte!« Felix verstand nur Bahnhof. Mit einer Mischung aus Erleichterung und Enttäuschung stellte er fest, dass die Frau ihren Roller heute offenbar nicht dabei hatte.

Finchen sagte gar nichts mehr. Mit einem verträumten Gesichtsausdruck hatte sie sich auf die Stufen des Brunnens gesetzt und guckte Maruschka einfach nur zu.

Maruschka bettelte, so viel war klar. Es war sehr interessant, zu beobachten, wie die Leute reagierten, wenn die kleine Frau mit ausgestreckter Hand auf sie zusteuerte. Manche guckten, sobald sie Maruschka erblickt hatten, angestrengt in eine andere Richtung und schritten so schnell wie möglich vorbei. Andere kramten in sicherer Entfernung ein Geldstück aus ihrem Portemonnaie und drückten es Maruschka in die Hand, ohne sie dabei auch nur anzusehen. Maruschka reagierte stets freundlich, auch wenn sie nichts bekam. Oft kam sie mit den Leuten ins Gespräch, und die meisten von ihnen lächelten, wenn sie weitergingen.

Ohne Frage hatte sie Erfolg: Nach Felix' Berechnungen musste Maruschka schon einen ganz hübschen Betrag zusammengebettelt haben, als in ihrer Nähe ein dünnes, junges Mädchen auftauchte. Dass auch sie bettelte, war erst auf den zweiten Blick zu erkennen.

Leise und unauffällig trat sie auf die Passanten zu und sprach sie an. Diese schüttelten meistens verärgert ihre Köpfe und pressten dabei die Lippen zusammen. Oder sie taten so, als hätten sie die elende Gestalt gar nicht bemerkt.

Als Maruschka die junge Bettlerin entdeckte, seufzte sie tief auf: »Ach Kindchen«, sagte sie, und der ihr eigene Singsang wurde dabei noch etwas deutlicher, »Kindchen, du sollst erstmal was essen.« Und dabei entleerte sie ihren Geldbeutel

mit allen zusammengebettelten Münzen und drückte ihn dem Mädchen in die Hand. »Nee, nee ... danke, Oma!« stammelte diese entgeistert und steckte eine ganze Hand voll Geld in die Tasche ihrer Lederjacke. Und dann machte sie sich schnell davon – so schnell, als hätte sie Angst, Maruschka könnte es sich noch einmal anders überlegen.
Eine Bettlerin, die alles gleich wieder verschenkte ...
Felix hatte nicht viel Zeit, über diese merkwürdige Begebenheit nachzudenken. Maruschka setzte sich zu ihnen auf die Stufen am Brunnen und streckte die Beine aus. Sie murmelte etwas von »erstmal ausruhen«, kramte ein großes Butterbrotpaket aus ihrer Tasche und teilte großzügig aus. Felix hatte Hunger und nahm sich ein Käsebrot. Er staunte, mit welchem Appetit Finchen zulangte.
Solange Maruschka gebettelt hatte, war sie ganz allein gewesen. Aber jetzt zeigte sich, dass sie viele Freunde am Brunnen hatte. Manche schienen nur darauf gewartet zu haben, dass sie Pause machte: Männer, die ein bisschen verwildert aussahen und sich ächzend neben ihr niederließen. »Meine Lieben, meine Herzchen«, sagte Maruschka zu ihnen, tätschelte rissige Hände und verteilte noch mehr Butterbrote.
Dann kam Jan. Jan war riesig, mindestens einen halben Meter größer als Maruschka und hatte Haare wie ein Irokese. Irokesen waren Indianer. Das wusste Felix aus dem Lexikon. Doch Jan hatte keine Federn. Stattdessen waren seine Haare so bunt gefärbt wie das Federkleid eines Papageis.
Jan hatte zerrissene Klamotten. Überall waren Löcher.
Er sah ziemlich finster aus. Wenn dieser große Mensch überhaupt etwas sagte, dann waren es nur wenige Worte, die er wie zufällig, aber ziemlich laut vor sich hinwarf.

Maruschka und Jan schienen sich ohne viele Worte zu verstehen.
Felix mochte Jan nicht besonders, aber er mochte Jans Hund: Hero, ein großes, freundliches Tier mit einem roten Halstuch. Schwanzwedelnd sprang er um Felix und Finchen herum und war glücklich, dass jemand mit ihm spielte.
Irgendwann sagte Maruschka: »Lass ‘mal Kaffee trinken gehen zu Frau Dreesen.« Felix dachte an die schrecklichen Sonntagnachmittage, an denen er irgendwo langweilig auf dem Sofa herumsitzen und Erwachsenengespräche mitanhören musste. Aber Frau Dreesen hatte einen Kaffeestand auf dem kleinen Markt, zu dem man kam, wenn man ein Stück durch die Fußgängerzone lief.
Auf dem Weg kamen sie an einer riesigen Baugrube vorbei. Ein vollkommen schwarz gekleideter Mann mit einem langen weißen Bart und einem Hut ging murmelnd davor auf und ab. Felix hatte noch nie in seinem Leben in so kurzer Zeit so viele verschiedene und seltsame Menschen gesehen. In der Straße, in der er wohnte, hatte Maruschka bunt wie ein Zirkusclown auf ihn gewirkt. Hier, in dieser Umgebung, kam sie ihm ziemlich normal vor.
»Ach war das schön, als hier noch das kleine Kaufhaus war! Hier konnte man so schön Stifte kaufen!« seufzte Maruschka mit einem langen Blick in die riesige Baugrube.
Frau Dreesen stand hinter ihrem Tresen und begrüßte sie schon von weitem mit ihrer lauten, harten Stimme. »Na, ihr Hübschen, lang nicht mehr hier gewesen! Will doch gleich mal sehen, ob ich noch Kaffee für euch hab! Und Stück Kuchen für die Kinder!« Alles, was Frau Dreesen sagte, hörte sich an wie ein Kommando. Aber gleichzeitig reichte sie zwei Berliner für Finchen und Felix über den Glastresen. »Ach,

und da kommt ja auch unser Schutzmann Sievert!« dröhnte Frau Dreesen weiter. »Immer rein in die gute Stube! Bei der Dreesen gibt's den besten Kaffee der Stadt!« Tatsächlich näherte sich ein älterer Polizist in Uniform. Jans Miene verfinsterte sich noch weiter. Aber Maruschka schenkte dem Beamten ihr breitestes Lächeln: »Herzchen«, flötete sie, »Herzchen, passt du auch gut auf uns auf? Guck mal, ich hab ein Bild für dich gemalt!« Sie fing an, in ihrer Tasche zu kramen. Der Polizist wehrte verlegen hab: »Nee, lass mal gut sein!« Begütigend tätschelte Maruschka den Arm des Polizisten. Und dann geschah etwas, was Felix noch nie erlebt hatte: Ein Erwachsener, noch dazu ein Polizist, bekam einen knallroten Kopf.

Felix warf einen Blick auf die Marktplatzuhr und erschrak: Schon viertel vor sechs. »Ich muss los«, stotterte er.

»Ich komm' mit«, erklärte Finchen zu seiner Erleichterung. Und Maruschka wiegte ihren großen Kopf. »Können wir ja alle zusammenfahren. Ich muss zu meinen Kindern.«

Diesmal war es ziemlich voll in der S-Bahn. Deshalb hatte Felix nicht bemerkt, dass am Westbahnhof vier grau gekleidete Männer mit eingestiegen waren. Sobald sich die Türen geschlossen hatten, schnarrten alle vier zugleich los: »Diiiie Fahrscheine bitte!« Felix wurde erst rot und dann blass. In seinem Hals bildete sich ein Kloß, der so groß wurde, dass er Angst hatte, keine Luft mehr zu kriegen. Wo war Finchen? Sie schien vom Erdboden verschluckt zu sein. Nein, sie war hinter Maruschkas breitem Rücken verschwunden.

Maruschka wühlte mit der größten Selbstverständlichkeit einen Plastikausweis aus einer ihrer zahllosen Taschen und zeigte ihn vor. Der Kontrolleur nickte kurz und mürrisch und wandte sich dann Felix zu. Felix hatte ein Gefühl, als ob sich ein dichter Nebel um ihn herum ausbreitete. »Na, min Jung«, hörte er den Kontrolleur durch den Nebel hindurch sagen, »du hast doch bestimmt eine Schülerkarte?« Was hatten sie sich überlegt? Mutter im Krankenhaus? Felix konnte sich überhaupt nicht vorstellen, auch nur einen Ton rauszubringen.

Eine kleine, verzweifelte Ewigkeit verstrich, und noch immer starrte der Mann ihn auffordernd an. Und dann kam die Rettung ganz unerwartet: »Ach Herzchen!« hörte Felix Maruschkas Singsang, »Herzchen, dass ich das vergessen konnte! Diese beiden Kinder gehören zu mir, das sind meine Begleitpersonen. Die darf ich doch kostenlos mitnehmen, mit meinem Schwerbehindertenausweis!« Felix' Herz machte einen Sprung. Doch der graue Herr guckte sehr ärgerlich: »Sie sind aber nach der Beförderungsordnung verpflichtet, uns bei der Fahrscheinkontrolle unverzüglich ihre Begleitpersonen anzuzeigen!« schnarrte er in strengem Tonfall. »Außerdem«, ein wenig Hilfe suchend schaute sich der Kontrolleur jetzt nach seinen Kollegen um, die in der Menge verschwunden waren, »außerdem wäre mir neu, dass diese Bestimmung auch die Beförderung von Kindern einschließt.«

»Ach Herzchen«, sagte Maruschka zu dem grauen Herrn, »deine Mama wird dich heute Abend bestimmt trösten, wenn du darüber so traurig bist.« Da sagte der Mann überhaupt nichts mehr. Sie hatten ohnehin die nächste Station erreicht, und die Kontrolleure wechselten den Wagen.

Wenige Minuten später mussten sie aussteigen und sich von Maruschka verabschieden. Felix verspürte ein Gefühl unendlicher Dankbarkeit. Irgendwas wollte er für sie tun.

Unauffällig ließ er eine Hand in seinen Ranzen gleiten und suchte so lange zwischen Büchern und Mappen herum, bis er den Blechkasten zwischen seinen Fingern spürte. Als der Zug seine Fahrt verlangsamte, streckte er ihr die Schachtel mit den zwölf neuen, beinahe unbenutzten Buntstiften hin. »Da«, sagte er, »schenk ich dir. Weil du doch neue Stifte brauchst! Und ich mag sowieso nicht malen.«
Maruschka machte große Augen. »Kindchen, sind die schön«, staunte sie. Dann schaute sie Felix nachdenklich an:
»Du magst nicht malen ... weißt du was – dann schenk ich dir einfach ein Bild von mir.« Sie zog ihre Mappe heraus und blätterte darin herum. »Dies hier«, sagte sie entschlossen, »da sind alle meine Kinder drauf!«
Zischend sprangen die Türen der S-Bahn auf. Felix und Finchen drängten ins Freie.

Mittwoch 23. März

Fernsehen ohne Fernseher oder Felix hat Fragen

»Bin schizophren. Male gern.« Die Worte von Maruschkas Schild gingen Felix nicht mehr aus dem Sinn. Da schien ein Zusammenhang zu bestehen. Felix hatte sich schon gefragt, ob jemand, der gern malt, vielleicht deshalb schon schizophren war. Wie gut, dass ihm das Malen so zuwider war. Das schien ein wirksamer Schutz. Was aber bedeutete »schizophren«? Jedenfalls ein hässliches Wort. Felix ging zur Bücherwand. Seit Vater zum Geburtstag ein Lexikon in mehreren Bänden bekommen hatte, wusste er, wo er meistens eine Antwort fand. Schizophrenie = Geisteskrankheit, gespaltenes Irresein stand da. Schlauer war er damit auch nicht.

Geisteskrank. Dieses Wort wollte einfach nicht zu der dicken, freundlichen Maruschka passen. Wer geisteskrank war, das wusste Felix, der kam zum »Guten Sankt Georg«. Das hatte er jedenfalls schon mal gehört. Das war wohl so eine Art Irrenanstalt, ein bisschen außerhalb der Stadt. Felix war noch nie dort gewesen. Besonders gespalten kam ihm die dicke Frau aber auch nicht vor.

Doch warum hatte sie diesen »Schwerbehindertenausweis«? Schwerbehinderte fahren Rollstuhl, dachte Felix, nicht Roller.

Felix war eine Forschernatur. Was er wirklich wissen wollte, das bekam er auch heraus. Aber dies hier schien ein besonders kniffliger Fall zu sein. Alle, die er bisher gefragt hatte, hatten etwas anderes gesagt. Felix musste nachdenken. Nachdenken konnte er am besten, wenn er sich unter den Couchtisch im Wohnzimmer legte. Das war sein Lieblingsplatz, schon seit er ganz klein war. Wenn er sich auf den Rücken drehte, mit dem Kopf zum Fenster, konnte er zwischen der Tischkante und dem Gardinenbrett ein kleines Stück Himmel sehen. Davon wurden seine Gedanken klar und weit. Wenn er auf dem Bauch lag, sah er die vier knubbeligen Füße des Sessels, den sie aus Opas Wohnung geholt hatten, als er ins Altersheim gegangen war. Und dahinter ein Stück Heizung. Das war ein sehr vertrauter und beruhigender Anblick.

Diesmal ging er zuerst in sein Zimmer. Er kletterte auf sein Bett und angelte den »Großen Weltatlas« vom obersten Regal herunter. Er schlug die Doppelseiten »Australien und Neuseeland« auf. Dazwischen hatte er Maruschkas Bild gesteckt, sein Bild. Er nahm es mit an seinen Lieblingsplatz, legte sich auf den Bauch und betrachtete es genau. Es war ein merkwürdiges Bild. Das ganze Blatt war voller Farben, Maruschka hatte wirklich keinen Quadratzentimeter weiß gelassen. Seltsame Gestalten tummelten sich auf diesem Bild: Sterne mit Füßen. Katzen, Schlangen, Fabelwesen. Über allem thronte ein riesiger, Feuer speiender Vogel. Im Hintergrund sah man Hochhäuser. Aus manchen Fenstern blitzten Augen. Nach den zwanzig Kindern, die Maruschka angeblich gemalt hatte, suchte Felix vergeblich.

Es hatte ziemlichen Ärger gegeben, als er gestern Abend mit diesem Bild im Schulranzen nach Hause gekommen war. Mama war sauer gewesen: Den ganzen Nachmittag unterwegs, ohne Bescheid zu sagen, und dann auch noch die neuen Stifte verschenkt! Aber Felix war von all seinen Erlebnissen so beeindruckt gewesen, dass er es einfach nicht geschafft hatte, seiner Mutter irgendeine Lügengeschichte über die verschwundenen Stifte aufzutischen. Mit gewissen Abstrichen und Auslassungen hatte er also von seinem Nachmittag mit Finchen und Maruschka erzählt. Daraufhin war Mama ganz still geworden.

»Du machst mir Sorgen«, hatte sie nur gesagt, »wir werden das Ganze am Wochenende mit deinem Vater besprechen und über Konsequenzen nachdenken.«

»Konsequenzen«, das wusste Felix schon, versprachen selten Gutes. Fernsehverbot, Rausgehverbot, Taschengeldkürzung – sowas nannten seine Eltern »Konsequenzen«.

Er konnte sich schon vorstellen, wie Papa reagieren würde. Er war nämlich, anders als Mama, nicht der Meinung, dass Bettler irgendwie bedauernswerte Menschen waren. Er würde seine eiskalte Gänsehautstimme kriegen und sagen: »Das fehlt mir gerade noch, dass der Junge sich mit einer verrückten Bettlerin auf der Straße herumtreibt.« Dabei würde er nur Mama angucken. Die würde wahrscheinlich anfangen zu heulen. Und Felix würde sich mit einem ganz miesen Gefühl davonschleichen. Und die Eltern würden sich wieder den ganzen Abend streiten.

Er hatte Mama das Bild von Maruschka gezeigt. Sie hatte es still angeguckt und ein bißchen geseufzt. »Sie hat gesagt, dass sie schizophren ist«, hatte Felix dazu erklärt. Mama war schließlich Krankenschwester und musste wissen, was das bedeutet. Aber bei diesem Wort hatte sie noch erschrockener ausgesehen als vorher. Felix hatte das Bild schnell weggepackt.

Heute hatte er Maruschkas Bild mit in die Schule genommen. Herr Hansen verstand schließlich was von Kunst. Felix hatte ihn vor der Pause abgepasst und ihm das Bild gezeigt. Er hatte dem Lehrer erklärt, das habe eine Dame »aus unserem Bekanntenkreis« gemalt. Als wäre die Maruschka eine Bekannte von seinen Eltern oder so. »Und irgend jemand hat gesagt, die is' schizophren«, hatte er noch eingeflochten, »wissen Sie vielleicht, was das heißt?« Herr Hansen war mächtig beeindruckt von dem Bild. Und dann hatte er erklärt: »Schizophrene Menschen können Stimmen hören, die andere nicht hören, und Bilder sehen, die andere nicht sehen. So wie fernsehen ohne Fernsehapparat oder träumen ohne Schlaf. Manche von ihnen können besonders gut malen. Aber schizophrene Menschen sind auch besonders empfindlich, besonders dünnhäutig, könnte man sagen, und deshalb sind sie manchmal leicht verletzbar.«

Vielleicht hat die Maruschka deshalb immer so viele Röcke an, weil sie so 'ne dünne Haut hat, dachte Felix und drehte sich auf den Rücken. Er starrte in ein Stück blauen Himmel, auf dem kleine weiße Wolkenfetzchen vorbeijagten.

Herr Hansen hatte gesagt, dies sei nun zwar nicht das Bild von seiner Familie, aber doch das interessanteste Bild von einer Familie, das er überhaupt je gesehen hätte. Felix hatte die vage Hoffnung, dass die Sache mit der Hausaufgabe damit vielleicht erledigt wäre. Aber ganz im Gegenteil. Herr Hansen gab Felix das Bild zurück und sagte aufmunternd: »Nun bin ich aber besonders gespannt, lieber Felix, was du uns für ein Bild von deiner Familie zeichnen wirst!«

Finchen hatte ihr Bild schon abgegeben, das hatte Felix gesehen. Sie hatte so eine Art Märchenschloss gezeichnet. Aus jedem Fenster guckte ein lachendes Kind heraus.

Und neben dem Schloß stand eine bunte, dicke Frau, die sah fast aus wie die Maruschka. Dieses Bild hatte Herr Hansen

sofort akzeptiert, obwohl er sich ja wohl denken konnte, dass Finchen nicht in einem Märchenschloss wohnte.
Carlo hatte Felix zuletzt gefragt. Carlo war zwei Klassen höher. In Mathe war er eine Null, aber sonst wusste er fast alles.
Carlo meinte, schizophren sei ganz klar ein Schimpfwort. Das hätte er schon öfter bei den Jugendlichen gehört. So ähnlich wie »total beknackt«.
Kann man sich vorstellen, dass sich jemand mit einem Schild um den Hals hinstellt, wo »Ich bin total beknackt« draufsteht? Dabei schien die Maruschka richtig stolz darauf zu sein. Andererseits, dachte Felix und drehte sich dabei wieder auf den Bauch: Wenn ich fernsehen könnte ohne Fernsehapparat, wär' ich wahrscheinlich auch stolz darauf.

Kein Schutzengel am Bahndamm

An den Bahngeleisen entlangzulaufen, war ganz schön mühsam. Aber nur so war sich Finchen sicher, den Westbahnhof zu finden. Außerdem war es ja wohl die kürzeste Strecke. Nach der Begegnung mit den vier grauen Herren traute sie sich nicht mehr, ohne Fahrschein zu fahren. Aber zum Brunnen wollte sie trotzdem. Sie musste Maruschka sprechen. Dringend.
Am Anfang war es ganz einfach. Die Bahn fuhr auf einem grasbewachsenen Damm, vorbei an Kleingärten und Schrotthändlern.
Ein bisschen abschüssig war es, ein Fuß oben, einer unten. Finchen taten allmählich die Beine weh. Erstaunlich, was hier alles herumlag: leere Getränkedosen und Schuhe,

Plastikwindeln und sogar ein kaputter Küchenhocker. Wie das wohl alles hierher gekommen war?
Plötzlich stand sie vor einem rostigen Drahtzaun. Dahinter sah sie Wohnhäuser, ganz dicht an den Bahngleisen. Finchen kletterte den Damm herunter. Die Straße führte jetzt rechtwinklig vom Bahndamm weg. An der nächsten Kreuzung links, dann wieder links, einmal um den ganzen Häuserblock herum, das kostete ganz schön Zeit.
Dafür kam jetzt eine Schnellstraße, die direkt an der Bahnlinie entlangführte. Auf einem handtuchbreiten Fußweg, der zwischen Leitplanke und Zaun eingeklemmt war, lief Finchen weiter, während riesige Lastwagen laut an ihr vorbeidonnerten. Ihre Augen tränten vom Staub, den sie ihr ins Gesicht bliesen.
Wäre sie doch schon bei Maruschka. Maruschka war so was wie ein Schutzengel für Finchen. Wenn Maruschka im Spiel war, passierte immer etwas Gutes. Zum Beispiel waren dann andere Kinder viel netter zu ihr. Zum Beispiel traute sie sich dann auch, mit anderen Kindern zu reden. So wie gestern mit Felix. Finchen konnte sich nicht daran erinnern, wann sie zum letzten Mal einen ganzen Nachmittag mit einem anderen Kind zusammen gewesen war.
Felix brauchte ja nicht zu wissen, dass sie sich Maruschka einfach ausgeguckt hatte. Sie hatte sich am Bahnhof schon manchmal Leute ausgeguckt: Tanten und Onkel, Vettern und Cousinen, Großmütter und Großväter und manchmal ganz winzige kleine Geschwister. Nur Leute, die nett aussahen, eine ganze, große Familie. Aber mit den meisten hatte sie nie ein Wort gewechselt.
Maruschka hatte sie sich als Oma ausgesucht. Und gerade jetzt konnte sie eine Oma besonders gut gebrauchen.

Maruschka sah so aus, als hätte sie noch nie in ihrem Leben gemeckert. Immerhin hatte sie ja schon zwanzig Kinder ... das war ja wohl ein Beweis dafür, dass sie Kinder gern hatte.
Maruschka ist bestimmt sehr reich, dachte Finchen. So viele Sachen, wie die immer anhat. Das Betteln macht sie nur so zum Spaß. Damit keiner merkt, dass sie so reich ist. Sie verschenkt ja auch immer gleich wieder alles. Und sie hat bestimmt ein ganz großes Haus. Mit mindestens zwanzig Zimmern, für jedes Kind ein eigenes. Ein klitzekleines Zimmer ist bestimmt noch übrig.
Finchen stellte sich das Haus ganz bunt vor. Jedes Fenster anders, ganz viele Türmchen und Zinnen und vom Dach eine Rutsche bis in den Garten. Große Torbögen, samtrote Vorhänge und kleine, farbige Fenster. Sowas ähnliches malte Maruschka ja oft. In so einer Villa könnte man bestimmt prima seinen Geburtstag feiern, dachte Finchen. Und dann verscheuchte sie den Gedanken schnell wieder. An ihren Geburtstag am nächsten Sonntag wollte sie jetzt auf keinen Fall denken.
Vielleicht war Maruschka sogar eine Königstochter. Ihr Vater war einer der letzten Könige gewesen, in irgendeinem Land, das es jetzt nicht mehr gab. Vielleicht war sie noch in einem richtigen Schloss aufgewachsen. Dann könnte sich Maruschka natürlich auch »Prinzessin Maruschka« nennen und sich von vorne bis hinten bedienen lassen. Aber das würde ihr wohl überhaupt keinen Spaß machen. Außerdem wären die feinen Sachen nicht praktisch, wo sie doch so viele Kinder hatte. Finchen malte sich aus, wie sie mit all ihren Kindern auf der Rutsche vom Dach sauste.
Ich sag es Maruschka nicht, dachte Finchen, dass ich denke,

dass sie in echt eine Prinzessin ist. Sonst glaubt sie, ich hab sie als Oma nur deswegen ausgeguckt. Aber mir ist das ganz egal. Ich würde sie auch nehmen, wenn sie ganz arm wäre. Eine Stunde lang war sie jetzt schon unterwegs. Mit der S-Bahn dauerte es nur ein paar Minuten. Wenn man zu Fuß ging, sah alles plötzlich so fremd und unbekannt aus. Sie kletterte wieder auf den Bahndamm, lief weiter, bis sie in der Ferne ein Schild entdeckte. Ein grünes »S« auf einem weißen Kreis und darunter stand »Wartensee«. S-Bahnhof Wartensee? Hier war sie noch nie vorbeigekommen, wenn sie zum Westbahnhof fuhr. War sie in die falsche Richtung gelaufen? Oder hatte sie eine Abzweigung übersehen? Finchen sank der Mut, ihre Beine wurden bleischwer. Verwirrt und müde setzte sich das Mädchen ins Gras.

Hellgrün und Rosa

In die kleine Wohnung hoch oben im zehnten Stock fiel gleißendes Sonnenlicht. So hell war es lange nicht mehr gewesen. Mit traumwandlerischer Sicherheit huschte die kleine, dicke Frau in ihrem mit Möbeln voll gestellten Zimmer hin und her, räumte hier etwas weg, stellte dort etwas hin. – Maruschka hatte viele Sachen. Sie konnte einfach nichts wegwerfen, was noch irgendjemandem nützlich sein konnte. Und sie konnte auch nichts Weggeworfenes auf der Straße liegen lassen. Zu lange hatte sie selbst überhaupt nichts besessen.
Es klopfte. Maruschka ging zur Tür. Niemand war zu sehen. »Kommen Sie doch rein«, sagte Maruschka (dennoch) freundlich. Sie wies auf ihr kleines Sofa. »Nehmen Sie Platz.

1997. H.W.

H.W.1996

H.W. 1997

Machen Sie es sich gemütlich. Ich muss nur eben meine Kinder versorgen.« – »Wie viele ich habe?« Niemand hatte gefragt. »Zwanzig«, antwortete Maruschka. Sie schaute in alle vier Ecken des Zimmers und murmelte dabei beruhigende Worte. Sie ging auf den Balkon, holte ein paar Äpfel aus einem Korb und füllte die Obstschale auf dem Küchentisch. Sie nickte mehrmals freundlich und murmelte unverständliche Worte.

Dann lief sie in die Küche und holte zwei große Tassen. »Der Kaffee ist gleich fertig.« Maruschka sprach vor sich hin. Ob wirklich jemand zuhörte, schien ihr nicht besonders wichtig. Aus einer großen Kanne schenkte sie Kaffee ein. Versonnen hielt sie eine Tasse, als wollte sie sich die Hände wärmen. So verharrte sie eine ganze Weile, ohne ein Wort zu sagen. Dafür schien sie eine Menge zu hören. Jedenfalls nickte sie wieder von Zeit zu Zeit oder legte auch mal den Kopf zur Seite, als müsste sie nachdenken.

Das Telefon klingelte. Maruschka erhob sich. Vielleicht hatte sie sogar gewartet. »Hallo, Anna mein Kind, schön, dass du anrufst.« Maruschka freute sich. Ihr rundes Gesicht strahlte. Ganz aufmerksam lauschte sie in den Hörer hinein. »Wie geht es dem Moppel?« fragte sie und bekam eine lange Antwort. Dann sagte sie: »Ach, das werden die ersten Zähnchen sein. Da hast du damals auch viel geweint. Die ganze Nacht war ich manchmal mit dir wach. Du musst ihm eine Kette aus Bernstein umlegen, das hilft. Komm bald mal wieder vorbei mit meinem Enkelkind!« Sie seufzte tief auf: »Wenn Moppel nicht wär', ich wär schon lange losgefahren, nach Paris.« Sie nahm einen tiefen Schluck aus der Kaffeetasse.

Als sie aufgelegt hatte, holte sie ihre Malsachen vom Balkon.

Den Besuch hatte sie vollkommen vergessen. Beim Malen war sie sich selbst genug. Mit großer Sicherheit führte sie die Stifte. Viele Bilder malte sie mit Filzstiften, manche auf Papier, manche auf durchsichtige Folien, die wie Plastiktüten aussahen.

Auf der einen Seite des Bildes waren die Farben bunt und kräftig, manche ungewohnt kombiniert, etwa rosa und orange. Auf der anderen Hälfte überwogen dunkle, ungemütliche Töne. Sanfte, weiche Farben wechselten mit hastig aufs Papier geworfenen Schraffierungen. Maruschka grunzte und pfiff dabei. Ihre Miene verfinsterte und erhellte sich. Selbstvergessen arbeitete sie. Das fertige Bild hielt sie lange gegen das Fenster. Die Sonne ließ die Farben auf der durchsichtigen Folie noch kräftiger aufscheinen. Maruschka strahlte. Sie hängte das Bild mit Wäscheklammern an eine Leine, die quer durchs Zimmer gespannt war.

Eine Villa auf Rädern

Finchen schreckte auf. Etwas Feuchtes berührte ihr Gesicht, eine feuchte, zutrauliche Hundeschnauze. »Hero!« staunte Finchen. »Wo kommst du denn her?« Fröhlich bellend sprang das große Tier mit dem roten Halstuch vor ihr herum. Weiter hinten sah sie nun auch Heros Herrchen. Es war dieser baumgroße Mensch, Maruschkas Freund Jan! Jetzt hatte er Finchen wohl auch erkannt.

»Willst'nduhiä?« Wie immer war Jan trotz seiner Lautstärke nur schwer zu verstehen. Finchen wurde rot. »Ich, ehm, ich wollte zum Westbahnhof, zum Brunnen. Ich hab' mich wohl verlaufen«, erklärte sie leise.

»Stimmt«, meinte Jan und fuhr sich mit der Hand durch

den Irokesenkamm, »is' falsch hier. Und deine Freundin is' heut' nicht am Brunnen. Hab' sie nicht gesehn. Wird ja bald dunkel. Zu kalt is' sowieso.« Finchen starrte den großen Mann erschrocken an. Maruschka war für heute ihre einzige Hoffnung gewesen.

Ein wenig ratlos schaute der große Mann das kleine Mädchen an. Etwas freundlicher fuhr er fort: »Und nu – Madam? Na, komm erstmal mit rein. Ich mach uns 'n Kaffee!«

»Wohnst du hier?« staunte Finchen. Weit und breit war kein Wohnhaus zu sehen. »Dann dreh dich mal um, Madam«, sagte Jan, »da siehste meine Villa!« Direkt neben dem Bahndamm war ein verwildertes kleines Grundstück mit einer Art Bretterzaun abgeteilt. Eng zusammengedrängt standen darauf vier oder fünf Bauwagen. Ein Abstellplatz, konnte man auf den ersten Blick denken. Doch Finchen sah plötzlich auch Hundenäpfe und Wäscheleinen, Blumentöpfe und zwei wacklige Stühle auf dem Platz stehen.

»Hier wohnst du«, wunderte sie sich. »Jawoll«, erwiderte Jan, »Jan hat 'ne Villa mit Rädern drunter – und nu rein in die gute Stube.« Und damit schob er die kleine Person durch die schmale Tür.

So eine Villa mit Rädern ist eine sehr gemütliche Sache. Das fand jedenfalls Finchen, nachdem sie sich auf Jans Sessel gekuschelt hatte. Jan hatte Feuer gemacht und Kaffee gekocht. Und als Finchen ihm erklärt hatte, dass Mädchen in ihrem Alter noch keinen Kaffee trinken, war er sogar noch einmal rausgegangen, zu seinem Nachbarn, und hatte Caro-Kaffee geholt.

Mit einer dampfenden Tasse in der Hand und Heros großem Kopf auf ihrem Schoß fühlte sich Finchen plötzlich wunderbar schläfrig. Nur ein Problem war da noch:

»Du, Jan«, überwand sie sich schließlich zu fragen, »du Jan – kann ich heute hier schlafen?«
Der große Kerl guckte sie ziemlich erstaunt an: »Nee, Mädchen«, sagte er bedächtig, »von mir aus – naja. Aber deine Leute suchen dich doch! Wenn die erfahren, dass du hier bei mir ... « Er schüttelte den Kopf.
»Mich sucht heute keiner ... « Finchen sprach sehr leise. Der Rest ging im Lärm einer S-Bahn unter, die draußen vorbeirumpelte. »Darum wollte ich ja auch zu Maruschka«, setzte sie hinzu, als es wieder ruhiger wurde.
»Hmm«, brummelte Jan unentschlossen. Er stand auf, machte sich umständlich am Ofen zu schaffen, stocherte für eine ganze Weile stumm in der Glut herum. Als er sich endlich wieder zu Finchen umwandte, schien er zu einer Entscheidung gekommen zu sein. Doch da war das Mädchen im Sessel ganz einfach eingeschlafen. »Das fehlt mir ja grad noch!« knurrte er. Hero sah zu seinem Herrchen hoch und wedelte versöhnlich mit dem Schwanz.
Vorsichtig nahm Jan dem Mädchen die leere Tasse aus der Hand und stellte sie beiseite. Eine Weile noch starrte er grübelnd auf das schlafende Kind. Dann holte er eine Wolldecke und deckte Finchen behutsam zu.

Donnerstag 24. März

Pläne in Manzinis Eisdiele

Felix schlenderte, seine leere Einkaufstasche am Handgelenk schlenkernd, die Straße hinab. Er mußte einkaufen gehen. Besonders wichtig kamen ihm die Besorgungen nicht vor: Glühbirnen, damit man mal wieder welche in Reserve hat. Zur S-Bahn-Station, den neuen Fahrplan besorgen. Er hatte den Verdacht, dass Mama ihn mit diesen Aufträgen nur ein bisschen unter Kontrolle haben wollte.
Vor Manzinis Eisdiele lungerten Lena und Carlo auf ihren Räder herum. »Na, Alter«, ganz lässig sprach Carlo Felix an, »wo treibst du dich eigentlich rum? Mal wieder auf der Suche nach 'nem Roller oder so?«
»Ich weiß schon«, Lena legte gleich nach, »Felix war neulich mit Finchen zusammen. Der ist bestimmt verknallt!« Felix verzog ärgerlich das Gesicht. Aber gleichzeitig spürte er einen kleinen, schmerzhaften Stich, denn Finchen war an diesem Morgen nicht zur Schule gekommen.
»Quatsch mit Soße«, knurrte er Lena an, »ich finde nur, sie ist ganz okay und muss ja auch nicht immer alleine gehen.« Immer alleine, dachte er, wenn einer in letzter Zeit immer alleine ist, dann bin ich das ja wohl. »Und übrigens«, fügte er so beiläufig wie möglich hinzu, »weiß ich jetzt 'n bißchen mehr über diese Rollerfrau.«
»Echt? Erzähl!« Lena riss die Augen auf. Neugierig war sie immer.
»Ich geb' ein Eis aus«, erklärte Carlo großzügig, »von meinem

letzten Geld.« Sie stellten ihre Räder ab und setzten sich auf die kleine Mauer vor Manzinis Eissalon. Während sie Vanille und Stracciatella lutschten, erzählte Felix von Finchen und ihren Freunden am Brunnen, von Jan, Hero und Frau Dreesen. Und natürlich von Maruschka und vom Betteln. Vom Schwarzfahren in der S-Bahn und von seiner unerwarteten Rettung.

»Klasse«, sagte Carlo, als Felix mit seiner Geschichte zu Ende war. »Und was machen wir jetzt?« Felix guckte ihn verständnislos an. »Na is doch völlig klar«, setzte Carlo grinsend hinzu, »wir fahren zum Brunnen. Vielleicht schenkt uns deine komische Rollerfreundin auch mal was von ihrem gebettelten Geld. Wo ich doch pleite bin. Und gegen 'nen Berliner von dieser Kaffeetante hätt' ich auch nichts einzuwenden.«

»Ohne mich«, Felix wehrte erschrocken ab. »Ich fahr nicht mehr schwarz. Lass uns lieber Fußball spielen.«

Aber auch Lenas Augen flackerten unternehmungslustig. »Neulich hat jemand am Bahnhof meine Mutter gefragt, ob sie 'ne Tageskarte abzugeben hat ...«, überlegte sie laut. »Und eine Karte reicht schon für drei Kinder«, ergänzte Carlo.

Felix wurde heiß und kalt. »Ohne mich«, sagte er nochmal entschlossen, »ich krieg so einen Ärger, wenn meine Eltern davon erfahren.«

»Pass auf, Alter«, Carlo schlug einen väterlichen Ton an. »Du bleibst jetzt hier mal ganz ruhig sitzen. Ich geh schnell zu mir nach Hause rüber und ruf' deine Mutter an, dass wir Fußball spielen gehen. Und Lena«, er blinzelte das Mädchen an, »Lena kümmert sich inzwischen um den Fahrschein.«

»Na, das ist ja'ne prima Idee von dir! « empörte sich Lena.

Carlo strahlte sie an: »Lass deinen ganzen Charme spielen. Das bringst du viel besser als ich.« Und damit machte er sich schon auf den Weg. Felix blieb auf dem Mäuerchen vor Manzinis Eissalon sitzen. Ihm war mulmig zumute. Im Stillen hoffte er, dass Lena nicht lange durchhalten würde. Sie war tatsächlich auf der anderen Straßenseite, am Ausgang der S-Bahn-Station, in Stellung gegangen.

»Alles klar«, einen Moment später war Carlo zurück, »deine Mutter freut sich, wenn du ein bisschen an die frische Luft kommst. Ich soll dir ausrichten, die Besorgungen kannst du auch noch morgen erledigen.«

Er ließ sich neben Felix auf der Mauer nieder. Kurze Zeit später stieß er einen kleinen Pfiff aus. »Sieh mal an«, sagte er und deutete zum Ausgang der S-Bahn: Lena war ins Gespräch mit einer älteren Dame vertieft, die gerade ihre Handtasche öffnete.

Wenig später kam das Mädchen triumphierend über die Straße gehüpft und schwenkte dabei ein kleines Papier durch die Luft. »Ich hab' ihr erzählt, wir wollen unsere Oma im Altersheim besuchen und haben kein Fahrgeld.«

»Wer sagt's denn!« Carlo versetzte Felix einen Stoß in die Rippen. »Los geht's. Jetzt musst du uns deine Kumpels am Brunnen vorstellen!«

Bombenalarm

Laute Sirenen dröhnten durch die Fußgängerzone. Maruschka duckte sich in den dunklen Säulengang des ehemaligen Kaufhauses. Atemlos lehnte sie sich an den Bauzaun und sah in die tiefe Baugrube.

Hier hatten die Bomber also schon alles zerstört. Nur ein

riesiges Loch war geblieben. Wie gut sie diese Bilder kannte. Nie wieder wollte sie so etwas sehen.
Maruschka schloss die Augen. Jetzt kamen die Flieger. Sie hörte das Brummen, das immer lauter wurde, heute flogen sie wieder besonders tief. Maruschka machte sich noch kleiner; vielleicht konnte sie den stählernen Ungeheuern entgehen.
Atmen, tief durchatmen, das hatte ihr Frau Doktor geraten. Mindestens zehnmal. Davon gingen die Flugzeuge manchmal weg, aber heute bekam sie keine Luft. Die Luft war voll mit Flugzeugen.
Die Bomber würden sie unter allen Menschen auf der Welt finden. Die Augen der stählernen Vögel schienen nur auf sie gerichtet zu sein. Heute waren sie Krähen, sie waren so laut und warfen so große Schatten.
So viele Jahre begleiteten die Flieger Maruschka nun schon. Sie kannte zwar ihre Launen und ihre Tücken, aber sie hatte noch immer Angst vor ihnen, Todesangst.
Manchmal kreisten sie auch mit der Geduld von Geiern. Dann antwortete Maruschka mit der ihr eigenen Langmut. Geduldig konnte auch sie sein. Sie würde nicht zurückschießen, da konnten die lange warten. Doch wenn die Vögel aggressiv wurden, laut und fordernd, so wie heute, wenn sie Schatten warfen, so tief wie jetzt, dann zitterte sie vor Angst.
Die Kinder, wo sind die Kinder, dachte sie. Hoffentlich gehen sie nicht in den Keller. Im Keller ist es am schlimmsten. Da ist die Gefahr am größten. Wenn sie nur nach oben gegangen sind und wenn sie nur zusammen sind, alle zwanzig.
Sie sollen oben bleiben. Am Hochhaus fliegen die Vögel vielleicht vorbei.

Die Nonnen hatten gesagt, sie solle nicht mehr von den Kindern reden. Sie einfach vergessen. Dann würden auch die Flieger wegbleiben. So ein Quatsch. Sie hatten gedroht: iSie solle nicht mehr auf die Stimmen der Kinder hören, sonst würde sie eingesperrt in das seltsame Haus hinter dem Zaun. Aber wie sollte sie ohne die Kinder leben? Und vor allem: Wie sollten die Kinder ohne ihre Sorge auskommen? Niemand sonst hörte doch ihre Stimmen.

Die Sonne kam hinter den Wolken hervor. Sofort war die Szene nicht mehr ganz so gespenstisch. Maruschka richtete sich ein wenig auf und strich die vielen Röcke glatt. Auf die Röcke war Verlass. Ohne Zögern konnte sie sich auf Betonboden legen und musste doch nicht frieren.

Die Leute in der Hauptstraße gingen schon wieder ganz normal ihren Weg. Oder hatten die gar nichts bemerkt? Maruschka kannte das schon: Die meisten Leute waren geschäftig, wussten immer, wohin sie wollten, hatten niemals Angst. Vielleicht brauchten sie auch keine Angst vor den Fliegern zu haben. Vielleicht hatten die stählernen Vögel es ganz allein auf Maruschka abgesehen.

Ein Kind ging an der Hand seiner Mutter vorbei und lachte Maruschka an. Allmählich kam sie wieder zur Ruhe.

Sie sollte versuchen, an schöne Dinge zu denken. Vom Krieg mal abgesehen gab es ja wirklich viel Schönes auf der Welt. Allein dieser Brunnen mitten in der Stadt. Fast wie in Paris. Mit all diesen wunderbaren Menschen. Hier hatten alle Zeit. Jeder hatte eine Geschichte zu erzählen, auch ohne Worte. Jan war ihr Freund geworden, der wusste Bescheid.

Wie schön, dass jetzt manchmal auch Kinder zum Brunnen kamen. Finchen kannte sie ja schon lange. Finchen hatte jetzt auch einen Freund.

Maruschka seufzte. So lange es Kinder gab, durfte es keinen Krieg mehr geben. Erst, wenn alle Menschen gestorben sind, dann könnten die sich vermehren – die stählernen Vögel. Wieder ertönte eine Sirene. Maruschka zog den Kopf ein. Weg hier, nur weg.

Ärger mit den Glatzen

Schon als die drei Kinder am Westbahnhof aus der Bahn stiegen, spürten sie, dass irgendetwas anders war als sonst. In der Bahnhofshalle ging es merkwürdig ruhig und geordnet zu. Richtig erschrocken aber war Felix erst, als er den Platz am Brunnen sah.
Der Brunnen war nackt. Kein Butterbrotpapier, keine Flaschen. Und vor allem keine Menschen. Niemand saß auf dem Brunnenrand oder lehnte an dem Reiterstandbild. Keine Menschenseele. Ein hässlicher Anblick. Wo waren sie alle? Wo war Maruschka? Wo waren Jan und Hero? Eine unheimliche Stille lag über dem leer gefegten Platz.
Herr Sievert, der Polizist, lief diesmal in großer Entfernung am Brunnen vorbei. Fast schien es so, als wollte er den Ort meiden. Erst jetzt bemerkte Felix, dass er nicht der einzige in Polizeiuniform war. An allen vier Ecken des Platzes standen große, grüne Polizei-Autobusse. Gruppen junger Polizisten in Springerstiefeln und mit durchsichtigen Schildern in der Hand standen hinter den Bussen und schienen auf Befehle zu warten.
Ein paar Leute waren, ebenso wie die Kinder, unschlüssig im Ausgang des Westbahnhofes stehen geblieben.
»Das wurde ja auch mal Zeit«, erschallte es jetzt, sehr laut und sehr grob, direkt neben Felix. Ein dicker, junger, hemds-

ärmliger Kerl mit Hosenträgern wippte auf seinen schwarzen Fliegerstiefeln aufreizend vor und zurück. »Aufräumen«, dröhnte er weiter, »AUF-RÄU-MEN! Das war doch kein Anblick hier, das Gesocks. Denen ging's doch viel zu gut.«
»Wollen sie damit rechtfertigen, dass hier ein paar harmlose Bettler von Schlägertypen brutal angegriffen wurden?«
Der kleine, weißhaarige Mann, der das sagte, war vor Zorn ganz rot geworden.
Der Dicke lächelte fies. »Aber selbstverständlich steh' ich zu Recht und Ordnung im Lande, mein Herr«, er erhob seine Stimme noch etwas. »Aber wenn unsere Ordnungskräfte nicht mehr für Ordnung sorgen, kann es schon mal vorkommen, dass anständige Bürger selbst zupacken.«
Carlo stöhnte auf und zog Felix am Ärmel: »Lass uns bloß abhauen hier. Dreimal Ordnung in einem Satz, das halt ich nicht aus.«
Über den Platz wirbelte ein buntes Stück Papier. Es tanzte im Wind wie ein letzter Farbfleck, den diese bleigraue Wüste noch nicht geschluckt hatte. Ein Lebenszeichen in orange, rosa und hellgrün – unwillkürlich musste Felix an Maruschka denken. Ohne Zögern rannte er los, um das Papier einzufangen. Carlo und Lena liefen hinter ihm her, froh, dass überhaupt etwas passierte. In diesem Moment drehte sich der Wind und trieb das Blatt auf die Kinder zu. Direkt vor Felix' Füßen blieb es liegen. Schnell hob er es auf und strich es glatt. Bunte Gestalten, Sterne mit Füßen, Häuser mit Augen: Kein Zweifel, das war ein Bild von Maruschka.
Und doch war es anders als die Bilder, die Felix schon kannte.
Über das gesamte Bild mit seinen grellbunten Farben hatte Maruschka unzählige schwarze Flugzeuge verteilt. Richtig heimtückisch sahen sie aus.

»Sie muß vor kurzem noch hier gewesen sein«, sagte Felix zu seinen Freunden. »Lasst uns zu Frau Dreesens Kaffeestand gehen, vielleicht ist sie dort.« Der Bann über dem Platz war gebrochen. Auch die anderen Leute kamen jetzt wieder in Bewegung. Niemand achtete mehr auf den Hemdsärmeligen. Doch von all den Händlern, Musikern und Bettlern, die Felix am Brunnen kennen gelernt hatte, fehlte weiterhin jede Spur. Am Markt herrschte reges Treiben, als wäre nie etwas geschehen. An Käthe Dreesens Kaffeestand war Hochbetrieb. Trotzdem hatte sie einen Blick für die Kinder. »Na, min Jung, hast du deine Freunde mitgebracht! Deine Freundin ist auch schon da!« dröhnte sie ihnen mit ihrer Kommandostimme entgegen. Dabei wies sie mit dem Kinn in die hintere Ecke des Markts zum Kino hin. Doch dort sahen die Kinder nur eine Gruppe rauhbeiniger Kerle herumstehen, keine Maruschka.

Schwanzwedelnd sprang ein schwarzer Hund mit einem roten Halstuch um die Gruppe herum. »Da ist Hero!« Felix war richtig erleichtert. Jetzt entdeckte er Jan. Er sah noch finsterer als beim letzten Mal aus und hielt sich den Kopf. Etwas Blut war ihm über die Wangen gelaufen. Die anderen Kerle standen um ihn herum und gestikulierten wild. Dann öffnete sich die Gruppe. Inmitten der tätowierten Männer stand Finchen.

Auch sie hatte die Kinder entdeckt. Einen Augenblick schien sie zu zögern, als wollte sie sich lieber verstecken. Doch dann kam sie auf Felix zugelaufen. Felix wunderte sich, dass sie ihren Ranzen auf dem Rücken trug, sie war doch gar nicht in der Schule gewesen. Aber danach fragen mochte er nicht. »Was ist los?« bedrängte er sie stattdessen. »Warum ist hier alles so anders heute? Warum ist so viel Polizei hier? Und wo ist Maruschka?« Finchen sah bedrückt aus. »So ganz versteh' ich auch nicht, was passiert ist«, erzählte sie. »Aber vorhin ist so eine Gruppe von Männern mit glattrasierten Köpfen zum Brunnen gekommen. Sie hatten eine Fahne dabei und haben irgendwas von ›endlich mal aufräumen in Deutschland‹ geschrien. Ich glaube, sie waren betrunken. Hero hat gleich angefangen, wahnsinnig zu bellen. Jan und seine Freunde waren unheimlich aufgeregt. Erst haben sie die Glatzköpfigen nur angeschrien. Und dann war plötzlich eine richtige Schlägerei im Gang.« Finchen schwieg eine Weile. »Ich hab solche Angst gekriegt, ich bin gleich weggelaufen und hierher«, setzte sie leise hinzu. »Ich hab dann nur noch die Sirenen von der Polizei gehört. Ein Krankenwagen war auch da.«

»Und Maruschka«, drängte Felix, »was hat Maruschka gemacht?« Finchen sah ihn traurig an: »Ich weiß nicht, wo Maruschka ist. Ich hab' sie doch die ganze Zeit gesucht. Jan hat sie vorhin noch gesehen. Aber jetzt ist sie weg und keiner weiß, wohin.«

Felix hatte für einen Moment vergessen, dass Lena und Carlo bei ihm waren. Carlo berührte ihn an der Schulter. »Haben wir wohl nicht den richtigen Tag erwischt«, sagte er tröstend zu Felix, »lass uns mal wieder abhauen hier. Vielleicht können wir ja doch noch'ne Runde Fußball spielen.« Felix schaute Finchen unschlüssig an. »Du kannst mit uns mitfahren, wir haben eine Tageskarte geschenkt gekriegt«, sagte er dann.

»Nee, danke, lass mal«, sagte das Mädchen, »ich hab noch was zu erledigen. Ich fahr' später nach Hause, geht mal ohne mich los.« Und damit drehte sie sich um und verschwand im Marktgewühl. Lena sagte ausnahmsweise einmal überhaupt nichts.

Nach Paris, mein Herzchen

Es dämmerte bereits. Aber die Abreise war nicht mehr aufzuschieben. Mit mehreren Plastiktüten in der Hand, den Schlafsack unter den Arm geklemmt, stand Maruschka am Straßenrand. Die Flieger hatten den Brunnen beschossen. Dort wollte sie nicht wieder hin, hatte sie doch schon zu viel Zerstörung gesehen. Außerdem hatte sie Angst, das große, graue Auto von den Nonnen stünde dort, um sie abzuholen. Nie wieder wollte sie ins Kinderheim. Sie hatte doch nicht zwanzig Kinder bei sich aufgenommen, um dann selbst in einem Heim zu verschwinden. Ihrer Tochter hatte sie Bescheid gesagt. Die hatte den Krieg wohl gar nicht bemerkt. Doch sie schien sehr besorgt, als Maruschka erzählte, was am Brunnen geschehen war.

Nun stand Maruschka also an der großen Straße, die zur Autobahn führte. Sie wollte nach Paris. So wie im letzten und vorletzten Jahr. Paris war ihre letzte Zuflucht, denn Paris brannte nie. Bis nach Paris kamen die Flugzeuge nicht. Paris hatte einen großen Turm, von dem aus sie die ganze Welt überblicken konnte. Und eine große Kirche, in der sie sich zu Hause fühlte. Vor allem hatte Paris unzählige kleine Plätze mit Brunnen und viele vertraute Gesichter. Jean und Pierre warteten sicher schon auf sie. So wie jedes Frühjahr.

Ein Auto hielt neben ihr. Maruschka wunderte sich: Sie hatte nicht den Daumen in den Wind gehalten und schon hielt ein ganzer Kleinbus für sie an. Ein freundlicher junger Mann mit einem Pferdeschwanz stieg aus.

»Na, meine Dame«, fragte er galant, »wohin soll die Reise gehen?«

»Nach Paris, mein Herzchen«, antwortete Maruschka, »nimmst du mich ein Stück mit?« Nun beugte sich auch der

Fahrer aus dem Auto. Irgendwie kam er Maruschka bekannt vor. »Nach Paris wollen wir nicht gerade«, sagte er, »aber die Richtung stimmt schon. Steigen Sie erstmal ein, wir können das auch im Auto besprechen.«

»Für dich bin ich immer noch du«, erklärte Maruschka würdevoll, raffte ihre Röcke und kletterte in den VW-Bus. Doch kaum saß sie im Auto, wurde Maruschka unruhig. Sie hörte schon wieder das Heulen der Sirenen und das Brummen sich nähernder Flieger. Sie feuerte den Fahrer an: »Fahr schneller. Sie holen auf.«

»Wer denn, Om'chen?« fragte der kräftige junge Mann neben ihr. »Na, die Flieger!« Maruschka war den Tränen nah.

»Wir bringen dich jetzt in Sicherheit«, meinte der Fahrer und wendete das Fahrzeug. Seine Stimme hatte etwas Beruhigendes. Maruschka setzte sich zurück. Dann schnellte sie wieder vor. »Wir fahren doch nach Paris?« Ihre Frage kam hastig. Sie sprach anders als sonst. »Geduld, Geduld, du wirst auch noch nach Paris kommen«, versuchte der Mann neben ihr, sie zu beruhigen.

Maruschka lehnte sich nun endlich in die Polster. Sie spürte ihre Müdigkeit. Die Angst ließ nach. Die beiden Männer schienen kräftig. Zumindest die Nonnen würden ihr nichts anhaben können.

Gefahr drohte nie von Leuten, die mit ihr sprachen. Deswegen sprach sie viel und war freundlich zu den Menschen in ihrer Umgebung. Gefahr drohte aus der Vergangenheit. Und vor der fuhr sie fort.

Es würde schon alles gutgehen. Zumindest waren die Kinder versorgt. Sie hatte alles bereitet, die Betten gemacht und das Essen in die Küche gestellt. Diese Gewissheit gab ihr einen Teil ihrer Ruhe zurück. Schon wieder etwas neugierig

geworden, sah sie sich in dem Kleinbus um und entdeckte eine Kiste mit schwarzen Büchern darin.
»Das sind Gesangbücher«, erklärte ihr der junge Mann mit dem Pferdeschwanz freundlich. »Oh, wie schön«, freute sich Maruschka, »macht ihr auch Straßenmusik?«
»Normalerweise nicht«, antwortete der Fahrer, »schon eher in der Kirche.«
»Ihr müsst mit mir in Paris in die Kirche gehen«, erklärte Maruschka bestimmt, »in Paris steht die schönste Kirche der Welt.«
Statt zu antworten, schaltete der Fahrer den Scheibenwischer ein. Es hatte zu regnen begonnen.

Freitag 25. März

Herr Hansen macht sich Sorgen

Felix saß im Religionsunterricht und bekritzelte sein Löschblatt. Er konnte jetzt einfach nicht zuhören. Wo war Finchen? Allmählich machte er sich Sorgen. Sie war wieder nicht zur Schule gekommen.
»Oh, heute mal besonders kreativ?« Felix zuckte zusammen. Er hatte nicht bemerkt, dass Lehrer Hansen hinter ihm stand. Der Junge starrte auf sein Löschblatt und wunderte sich, was er da sah: Er hatte Sterne mit Füßen gezeichnet, Häuser mit Augen, Flugzeuge. Und eine Katze mit zwei Köpfen.
»Felix, ich möchte, dass du in der Pause noch einen Moment hier bleibst«, sagte Herr Hansen nur, ungewöhnlich ernst.
Das konnte ja heiter werden. Hatte Mama etwa mit dem Lehrer gesprochen? Na ja, besser als wenn sie alles Papa erzählt, dachte Felix. Und dann fiel ihm siedend heiß ein, dass er das »Bild von deiner Familie« noch nicht einmal ngefangen hatte. Heute sollten sie es spätestens abgeben.
Von der Zeichnung war gar nicht die Rede. Herr Hansen sah Felix ernsthaft an und sagte: »Ich mache mir Sorgen um Finchen. Schon den zweiten Tag fehlt sie unentschuldigt. Das ist überhaupt nicht ihre Art. Und zu Hause geht keiner ans Telefon. In der letzten Zeit hattet ihr etwas mehr Kontakt zueinander. Deshalb wollte ich dich fragen, ob du irgend etwas über sie weißt. Ob sie zu Hause ein besonderes Problem hat, was sie so in ihrer Freizeit macht und so weiter.« Felix biss sich auf die Lippen. Fieberhaft dachte

er nach: Sollte er Herrn Hansen erzählen, dass er Finchen gestern gesehen hatte? Mit ihrem Schulranzen im Westbahnhofsviertel? Er würde sich vorkommen wie ein Verräter. Andererseits: Vielleicht war sie echt in Gefahr?

»Also, wie es bei Finchen zu Hause ist, davon weiß ich gar nichts«, begann er langsam, um Zeit zu gewinnen. Dabei reifte in ihm ein Entschluss: Er wollte Herrn Hansen vom Brunnen erzählen. Wenn Herr Hansen ihm versprach, dass Finchen keine Strafe bekam.

Doch dazu kam es nicht. Herr Hansen klopfte ihm auf die Schulter. »Ist schon gut«, sagte er, »ich weiß ja auch, dass Finchen ein verschlossenes Kind ist.« Mit etwas gezwungener Munterkeit setzte er hinzu: »Mach dir keine Sorgen. Deine Freundin wird schon wieder auftauchen. Vielleicht musste sie ja ganz plötzlich mit ihrer Mutter in einer Familienangelegenheit verreisen.« Felix sah Herrn Hansen an und wusste, dass der das selbst nicht so recht glaubte. Aber das Gespräch war beendet. Freundlich schob der Lehrer ihn aus der Klasse: »Und nun ab mit dir in die Pause! Und wenn dir noch was einfällt – sag mir einfach Bescheid!«

Mit Finchen stimmte etwas nicht. Das wusste Felix jetzt ganz genau. War es wirklich richtig, dem Lehrer nichts von seiner Begegnung mit ihr zu verraten? Andererseits: Konnte man sich vorstellen, dass Herr Hansen am Westbahnhof herumlief, um Finchen zu suchen? Wenn überhaupt einer eine Chance hat, sie zu finden, dachte Felix, dann bin ich das. Ich könnte jedenfalls Maruschka fragen. Maruschka. Hatte Finchen nicht gestern gesagt, sie hätte Maruschka gesucht? Maruschka wäre ein Zufluchtsort für Finchen. Da war sich Felix sicher.

Auf dem Schulhof suchte er nach Carlo. Er fand ihn in einem

ganzen Trupp größerer Schüler bei den Fahrrad-Unterständen. Fachmännisch begutachteten sie die neuesten Modelle, die hier mit schweren Ketten und Bügelschlössern befestigt waren.
Carlo kam gleich auf Felix zu. Und auch Lenas siebter Sinn für Neuigkeiten funktionierte wieder bestens. Sofort tauchte sie aus der Menge spielender Kinder auf, als sie sah, wie die Freunde die Köpfe zusammensteckten.
»Finchen ist verschwunden«, sagte Felix knapp, »Lehrer Hansen macht sich auch schon Sorgen. Ich muss heute Nachmittag wieder zum Brunnen und sie suchen.«
Hoffentlich kommen sie nochmal mit, dachte er im Stillen. Nach diesem Reinfall gestern.
Am Himmel zogen sich schon wieder graue Wolken zusammen. Die ersten Regentropfen fielen. Die Kinder nahmen Zuflucht unter einem Vordach. Lena guckte skeptisch zum Himmel. »Ich glaube nicht, dass du am Brunnen jemanden triffst, wenn es so schüttet«, meinte sie, »die haben heute morgen im Radio irgendwas von ergiebigen Niederschlägen gesagt.«
Jetzt goss es bereits aus Kübeln. Felix war ratlos. Wenn er nicht Maruschka oder wenigstens Jan am Westbahnhof finden konnte, wusste er überhaupt nicht, wie er die Suche nach Finchen beginnen sollte.
Aber Lena gefiel die Idee, ein bisschen Detektiv zu spielen. »Wenn Finchen und diese komische Rollerfrau nicht am Brunnen sind, dann sind sie irgendwo anders«, sagte sie unternehmungslustig. »Und wenn wir alle Anhaltspunkte prüfen, finden wir sie auch dort.«
Die Schulglocke dröhnte. Die Pause war zu Ende. »Wo wollen wir uns treffen?« fragte Lena eifrig. Carlo warf Felix einen

generervten Blick zu. Aber Felix war froh, dass das Mädchen die Sache in die Hand nahm. »Bei mir«, sagte er schnell, »um zwei. Meine Mutter kommt erst um halb vier nach Hause.«

Verpißt euch!

Schon seit einiger Zeit klopfte Finchen beharrlich an die schmale Holztür. Ein paar Mal hatte Hero kurz Laut gegeben und dann war eine Art Husten als Antwort von Jan zu vernehmen. Doch mehr rührte sich im Bauwagen nicht.
Ob Jan sie nicht hören konnte? Ob er noch schlief? Verzweifelt blickte sie sich um.
Vor den wackeligen Treppenstufen, auf denen sie zum Eingang des Bauwagens hinaufgeklettert war, lag ein leerer Kochtopf mit Stiel. Wenn sie mit dem gegen die Türe schlug, würde er sie bestimmt hören. Ein bisschen wunderte sich Finchen über sich selbst. So etwas hätte sie sich normalerweise nie getraut. Doch wenn sie heute Maruschka nicht fand, dann ... Dann wusste sie eigentlich überhaupt nicht mehr weiter.
Mit dem Mut der Verzweiflung knallte sie den Kochtopf gegen die Tür. Die Wirkung ließ nicht lange auf sich warten. »Wööööääääh!« brüllte es im Bauwagen, und dann, klar und deutlich: »Verpisst euch!« Finchen erschrak. Sie konnte gerade noch rechtzeitig vor der aufspringenden Tür zurückweichen.
Dann flog ein ziemlich großer Schuh hinterher. Und als Letztes kam Hero heraus und wedelte schüchtern mit dem Schwanz. Er hatte wohl schon die ganze Zeit begriffen, dass es Finchen war, die hier vor der Tür stand.

Dann kehrte erst einmal wieder Ruhe ein. Auch Jan schien es stutzig zu machen, dass sein Hund den Besuch so friedlich begrüßte.
Finchen fasste sich ein Herz: »Ich bin es doch, Finchen!« rief sie in das Dunkel des Bauwagens. Es dauerte dennoch eine Weile, bis Jan seinen Kopf aus dem Wagen steckte. Wild sah er aus. Die Helligkeit draußen blendete ihn so, dass er die Augen zusammenkniff. Um seinen Kopf war er ein schmuddeliger Verband gewickelt. Und das, was normalerweise sein Irokesenkamm war, hing ihm in Form einiger gelblicher Strähnen tief ins Gesicht. »Das hättest du ja auch mal eher sagen können«, brummelte er, nicht mehr ganz so unfreundlich, »wart mal, ich zieh' mich an und mach' uns 'nen Kaffee.«
Als er ihr eine halbe Stunde später eine Tasse voll dampfenden Milchkaffee in beide Hände drückte, wagte ihn Finchen nicht daran zu erinnern, dass sie keinen Kaffee trank. Vorsichtig nippte sie an dem heißen Getränk und verzog das Gesicht. Dann rührte sie vier Löffel Zucker in die hellbraune Brühe. Schließlich hatte sie noch nicht gefrühstückt.
Sie saßen hinter dem Wagen auf Klappstühlen. »Ich wollte dich eigentlich nur fragen, ob du weißt, wo Maruschka wohnt«, begann Finchen zaghaft.
Jans Miene verfinsterte sich: »Über die alte Schachtel brauchst du mich gar nichts zu fragen.« Es tat Finchen weh, dass er plötzlich so böse über ihre gemeinsame Freundin sprach. »Bist du sauer auf sie?« fragte sie leise. Jan machte eine wegwerfende Handbewegung. Nach einer Weile entschloss er sich dann doch, etwas zu sagen: »Dass sie gestern einfach abgehauen ist, das war nicht okay.
Ich war verletzt, und sie war weg. Gut, ist ja ihre Sache,

aber erstmal brauch' sie sich nicht mehr blicken lassen.«
»Vielleicht hatte sie Angst – so wie ich«, wendete Finchen ein. »Ich bin auch ganz schnell weggelaufen.« Sie schwieg einen Moment. Dann fragte sie leise: »Und du – hattest du keine Angst?«
»Geht dich nix an«, knurrte Jan und brütete weiter vor sich hin. Dann schaute er dem kleinen Mädchen direkt in die Augen: »Wenn da so ein paar Glatzen ankommen und was von Hitler und Deutschland grölen«, erklärte er jetzt ganz ruhig, »wenn die einen wie mich verjagen können, dann werden die mir'n bisschen stark. Nee, du, für meinen Hund, meine Kumpels und meinen Bauwagen muss ich schon mal ein blaues Auge in Kauf nehmen.«
Finchen schwieg. Sie mochte nicht an die Schlägerei denken.
»Hat sie dir in letzter Zeit auch immer von Paris erzählt?«, fragte sie nach einer Pause.
Jan nickte: »Das tut sie doch immer.«
»Und was ist mit den Bomben und den Fliegern, von denen sie immer redet? Was sagst du dazu?«
»Soll das hier ein Verhör sein?« Jan war schon wieder sauer. Umständlich drehte er sich eine Zigarette.
»Sie hat halt im Gegensatz zu uns beiden den Krieg noch erlebt«, fügte er ein wenig milder hinzu. Finchen war froh, dass er nicht mehr so gemein über Maruschka sprach.
»Sie war ein Mädchen in deinem Alter, als die Bomben über Deutschland gefallen sind. Es hat sie damals, glaub' ich, ziemlich übel erwischt«, fuhr er nachdenklich fort. »Und wenn die Nazis am Brunnen rumrandalieren, dann is' das für sie vielleicht noch was anderes als für uns beide.«
Jan schwieg einen Moment. »Na ja, vielleicht ist sie ja schon unterwegs, nach Paris«, sagte er, »da hätte sie sich ja 'nen

feinen Zeitpunkt ausgesucht.« Und ein wenig wehleidig griff er nach seinem Kopfverband.

Aber Finchen ließ nicht locker: »Sagst du mir jetzt endlich, wo sie wohnt? Dann kann ich ja hingehen und ihr sagen, dass du verletzt bist!« Sie unternahm einen letzten Versuch, einen Schluck Kaffee herunterzuwürgen und blickte Jan knapp über den Tassenrand an.

Jan starrte vor sich hin. Dann sagte er etwas, was Finchen überhaupt nicht erwartet hatte: »Ich weiß es nicht.«

In Finchens Kopf breitete sich eine schreckliche Leere aus. »Hast du sie denn noch nie zu Hause besucht?« fragte sie verzweifelt.

Jan zog heftig an seiner Zigarette: »Wer Jan kennt, weiß: Jan geht in kein Haus aus Stein. Nie. Und bevor du neugierige Göre überhaupt fragen kannst, warum, sag ich dir: darauf gibt's keine Antwort.« Schweigend saßen die beiden auf ihren Klappstühlen. Hero knurrte eine graue Katze an, die an dem Bauwagen vorbeistrich. Jan warf einen langen Blick auf das Mädchen: »So, das Verhör ist beendet. Ich hab schon viel zu viel gesabbelt. Kinder in deinem Alter gehören in die Schule. Geh nach Hause zu deiner Mama.« Er stand auf und machte sich am Bauwagen zu schaffen. Finchen wusste: Von Jan war jetzt keine Hilfe mehr zu erwarten.

»Geh zu deiner Mama«, dieser Satz hämmerte in ihrem Kopf. »Geh zu deiner Mama.« Wenn Jan wüsste. »Geh zu deiner Mama.« Der Satz zog Kreise in ihr, wie ein Stein, den man ins Wasser wirft. Und plötzlich hatte sie eine Idee.

Eine Postkarte vom Eiffelturm

Einige Male war Maruschka an diesem Vormittag schon aufgewacht. Aber immer wieder war sie erneut in einen tiefen, traumlosen Schlaf gefallen. Ruhelos wälzte sie sich jetzt hin und her. Irgendetwas hinderte sie daran, die Augen endgültig aufzuschlagen.

Ganz allmählich erst begann sie, Einzelheiten ihrer Umgebung wahrzunehmen.

Sie lag in einem Bett in einem kahlen, viereckigen Zimmer. Viel zu wenig Farben, stellte Maruschka fest. Eigentlich lohnte es nicht, sich genauer umzusehen. An ihrem Fußende stand ein weiteres Bett. Und an der Wand gegenüber konnte sie in derselben Anordnung noch zwei weitere Betten erkennen. Viel mehr gab es in diesem Zimmer nicht. An der Wand hing ein einziges Bild. Sonst war alles weiß. Was für eine Verschwendung, seufzte Maruschka. Am liebsten hätte sie gleich angefangen, die Wände bunt anzumalen. Das Bett an ihrem Fußende war so ordentlich und glatt, als hätte noch nie jemand darin geschlafen. Auf dem gegenüber saßen drei Puppen nebeneinander aufgereiht und zwei Teddys. Das gefiel Maruschka und beschäftigte sie eine Weile.

Auf dem vierten Bett saß eine junge Frau. Sie blätterte in einem Album. Das Album kam Maruschka vertraut vor.

Es war ihr Album – ihr Fotoalbum von Paris.

Jetzt bemerkte die junge Frau, dass Maruschka aufgewacht war. Sie guckte ein wenig schuldbewusst zu Maruschka herüber. »Guten Morgen«, sagte sie, »ehm, es tut mir Leid, dass ich einfach dein Album vom Nachttisch genommen habe. Aber mir war so langweilig. Und als ich die Postkarte vom Eiffelturm darauf gesehen hab, da musste ich einfach ...«

Die junge Frau verstummte und fügte nach einer Pause leise

HW.1996.

H.W. 1946

Hamburg
PARIS

hinzu: »Es war so schön in Paris. Und es ist schon so lange her.«

Maruschka war verwirrt. Wenn diese junge Frau Paris sehen wollte – warum ging sie nicht vor die Tür? Und wie war sie überhaupt hierher gekommen? Sie konnte sich nur noch erinnern, wie sie in den Bus gestiegen war. Wer hatte sie in diesem Zimmer einquartiert? Noch nie hatte sie in einem Pariser Hotel geschlafen.

Sie verfiel wieder in eine bleierne Müdigkeit, die sie daran hinderte, irgendeinen Gedanken zu Ende zu denken.

Seufzend schloss sie noch einmal die Augen: »Erzähl' mir was von da draußen, von Paris«, forderte sie ihre Zimmergenossin auf.

Zögernd begann die Frau zu sprechen. Wie sie als junges Mädchen von zu Hause ausgerissen war. Wie sie in Paris Freunde gefunden hatte, mit denen sie Straßenmusik machte. Monatelang hatte sie nur von Stangenbrot und Tomaten gelebt und doch hatte sie sich niemals arm gefühlt. Oft hatten sie unter freiem Himmel am Ufer des großen Flusses an der Seine geschlafen.

Als es im Sommer heiß und stickig wurde in der Stadt, waren sie alle zusammen ans Meer gefahren. An den Atlantik, wo die Wellen höher waren als die Menschen und wo einem schwindelig wurde, wenn man oben an den Klippen über dem Meer stand. Sie hatten am Strand übernachtet und tagsüber Musik für die Touristen gemacht.

»Und du bist nie wieder nach Frankreich gekommen?« fragte Maruschka teilnahmsvoll. »Ich werde verrückt, wenn ich nicht im Frühling nach Paris fahren kann.«

»Bald nach diesem Sommer habe ich ein Kind bekommen«, erzählte die junge Frau, »mit einem Kind kann man doch nicht mehr so herumvagabundieren. Da braucht man eine Wohnung mit Wänden. Hast du auch Kinder?«

Maruschka nickte stumm. Über ihre Kinder wollte sie jetzt nicht reden. Sie schwang sich aus dem Bett. Auf einem Stuhl daneben lagen ihre Kleider, alle sorgfältig aufgeschichtet. Langsam und konzentriert begann sie sich anzuziehen. Schicht für Schicht legte sie an, während die Frau vom Nachbarbett ihr interessiert zuguckte.

»Ich heiße übrigens Moni«, stellte sie sich etwas schüchtern vor. »Ich bin erst heute Nacht hier angekommen, als du schon geschlafen hast.«

»Ich heiße ... Ach nenn' mich am besten Maruschka«, antwortete Maruschka. Der Name, den sie von dem kleinen Mädchen am Brunnen bekommen hatte, gefiel ihr gut.

»Maruschka«, sagte Moni, »wie hübsch. Meine Tochter hat neuerdings auch eine Freundin, die Maruschka heißt.«

Es klopfte. »Herein!« riefen Maruschka und Moni im Chor. Ein großer Mann mit einem schwarzen Umhang und einem langen Bart stand in der Tür. Irgendwoher kam er Maruschka bekannt vor. Er verneigte sich leicht: »Wenn es den Töchtern Gottes gefällt, wollen wir jetzt zusammen beten und ein einfaches Mahl einnehmen.«

Er führte Maruschka und Moni in einen Saal, in dem ein langer Tisch gedeckt war. Alle anderen Gäste hatten schon Platz genommen und hoben kaum die Köpfe, als Maruschka und Moni hereinkamen. Es war eine ziemlich seltsame Essensgesellschaft, die hier zusammengekommen war.

Eine ältere Frau stocherte auf ihrem Teller herum, wackelte mit dem Kopf und sagte ständig Dinge wie: »Ach, Herrje, wie konnte ich das vergessen. Jetzt muss ich alles wieder von vorne anfangen.« Hermine, dachte Maruschka, sie sieht aus

wie Hermine. Neben ihr saß ein kräftiger junger Mann, der Maruschka mit traurigen Augen ansah.
Es gab noch zwei alte Herren, die still vor sich hin mümmelten. Sie trugen kragenlose Hemden, waren kahlköpfig und sahen sich erstaunlich ähnlich. Maruschka überlegte, ob sie wohl Zwillinge waren.
Das Mittagessen bestärkte Maruschka in der Überzeugung, dass dies kein Hotel war. Das Essen war jedenfalls kein französisches Menü. Jeder bekam zwei farblose Klackse auf den Teller geklatscht, wie damals im Kinderheim.
Direkt neben Maruschka vertilgte ein schrecklich dünnes Mädchen bereits seine dritte Portion. »Na wie schön, dass es dir schmeckt!« sagte Maruschka aufs Geratewohl.
Das Mädchen beugte sich zu Maruschka rüber und flüsterte geheimnisvoll: »Ich heiße Liese.« – »Ja, ja«, seufzte Maruschka, »eine Liese hab' ich auch.«
Meistens herrschte Schweigen am Tisch. Selbst Maruschka, die so gern mit Menschen sprach und ihre Geschichten anhörte, gelang es nicht, die Stille zu durchbrechen.
Eine flinke Frau in hellblauem Kittel wuselte um sie herum und räumte laut klappernd alles ab, was sie nicht mehr brauchten.

Die andere Seite des Bildes

»Wir müssen sorgfältig überlegen«, sagte Lena. Sie hatte in der kleinen Runde, die in Felix' Zimmer zusammenhockte, das Kommando übernommen. Das Mädchen hielt einen Block auf den Knien und fuchtelte mit dem Bleistift in der Luft herum. »Auch die kleinsten Anhaltspunkte können von Bedeutung sein«, sagte sie ein bisschen wichtigtuerisch.

»Also, was wissen wir über Finchen: Wer sind ihre Freunde, wer könnte als Zeuge für uns von Bedeutung sein?«
»Maruschka«, seufzte Felix. Natürlich fiel ihm als Erstes Maruschka ein. Aber sie würde ja wohl nicht im strömenden Regen mit ihrem Pappschild am Brunnen stehen. Lena notierte:
1. Maruschka, Bettlerin/Malerin. Hat angeblich 20 Kinder. Wohnort: unbekannt.
»Sie ist schizophren«, fügte Felix noch hinzu. »Das hilft uns aber auch nicht weiter«, meinte Carlo.
»Wer könnte wissen, wo Maruschka wohnt?« Lena ließ nicht locker. Felix überlegte: »Jan vielleicht. Aber den treffen wir heute auch nicht.« – »Was war denn mit dieser Kaffeefrau?«, fragte Carlo, »die schien ja Gott und die Welt zu kennen.«
Lena notierte eifrig mit:
2. Jan. Beruf, Nachname und Wohnort unbekannt. Freund von Maruschka.
3. Frau Dreesen. Marktfrau. Kennt Gott und die Welt. »Ich glaube nicht, dass Frau Dreesen weiß, wo Maruschka wohnt«, wandte Felix zaghaft ein. »Die kennt sich nur auf ihrem Marktplatz aus.«
»Fragen kostet nichts!« sagte Lena streng. »Wir müssen jedem Hinweis nachgehen.« Allmählich ging sie Felix und Carlo mit ihrem Kommissarinnen-Gehabe auf die Nerven.
»Kannst du dich nicht erinnern, wie diese Maruschka mit Nachnamen heißt?« fragte Carlo. »Vielleicht steht sie ja im Telefonbuch.« Für Felix war das ein ganz neuer Gedanke: Dass diese verrückte Frau mit ihrem Roller und ihren 20 Kindern ganz einfach unter irgendeinem Namen im Telefonbuch zu finden sein sollte. Und beinahe gleichzeitig dachte er:

Sie heißt ja gar nicht Maruschka. Das ist nur der Name, den Finchen ihr gegeben hat. In Wirklichkeit hat sie einen ganz anderen Namen.

»Weitere Zeugen?« fragte Lena. »Nein? Dann gehen wir über zu anderen Beweismitteln. Hast du irgendwelche Schriftstücke, Dokumente, Briefe oder Ähnliches von Finchen?« Bei dem Wort ›Briefe‹ blitzte eine verräterische Portion Lena-Neugier in ihren Augen auf.

»Du glaubst wohl immer noch, Felix wär' in Finchen verknallt«, knurrte Carlo sie an. Felix beschloss, einfach nicht darauf einzugehen. »Ich hab' nur ein Bild, das mir die Maruschka geschenkt hat«, sagte er. »Ich glaub' nicht, dass uns das jetzt weiterhilft.« Aber damit gab Lena sich nicht zufrieden. Felix musste also auf sein Bett klettern, den »großen Weltatlas« vom obersten Regalbrett angeln und das Bild herunterholen. Lena betrachtete es nur kurz: »Keine Unterschrift«, stellte sie fest. Dann drehte sie das Blatt um. Auf der Rückseite stand etwas: Ein Name, in krakeligen Kinderbuchstaben, mit Wachsstiften geschrieben. Inge Himmelblau. Wer war Inge Himmelblau?

»Na, wahrscheinlich ist das der Name von dieser Rollerfrau«, meinte Lena aufgeregt. »Künstler schreiben doch immer ihre Namen auf ihre Bilder.« Noch konnte sich Felix nicht vorstellen, dass Maruschka in Wirklichkeit Frau Himmelblau war. Aber er holte ein Telefonbuch. Tatsächlich, da stand der Name: Himmelblau, Inge. Am Ginsterbusch 10. »Das ist bei den Hochhäusern«, wusste Carlo, »da wohnt ein Kumpel von mir. Weit ist das nicht.«

»Na, dann suchen wir doch Frau Himmelblau mal auf«, schlug Lena vor,»entweder sie ist Maruschka, oder sie weiß vielleicht, wo wir Maruschka finden können.«

In diesem Moment ging der Schlüssel in der Tür. Mama kam nach Hause. Sie war sichtlich erfreut, dass Felix Kinderbesuch hatte. »Schön, dass ihr euch mal wieder bei uns blicken lasst«, sagte sie zu den Kindern,»kann ich euch was anbieten?« Felix spürte: Die Sache zwischen ihm und Mama kam allmählich wieder ins Lot.
»Wir hatten gerade überlegt, dass wir noch ein bisschen raus wollen«, sagte er schnell, »Fahrrad fahren oder so. Es hat endlich aufgehört zu regnen.« – »Geht nur an die frische Luft«, sagte die Mutter, »aber komm nicht zu spät nach Hause, Felix. Du weißt, Papa kommt heute wieder!« Und dabei warf sie ihm einen beinahe verschwörerischen Blick zu. Jetzt müssen wir nur noch Finchen finden, dachte Felix und angelte sich seine Jacke von der Garderobe. Und dabei war ihm schon viel leichter ums Herz.

Sind wir hier im Kloster?

Nach dem Essen hatten sich die Gäste nach einem seltsamen Muster in dem großen Raum verteilt. Offenbar hatte jeder seinen angestammten Platz.
Die beiden Alten, die Maruschka im Stillen die Zwillinge nannte, nahmen links und rechts vom Fenster Platz und schauten gleichmütig nach draußen. Nach einer Weile begannen sie, sich zu wiegen. Vor und zurück. Dabei schienen sie sich nach dem Rhythmus einer Musik zu richten, die nur sie hörten.
Der junge Mann mit den traurigen Augen setzte sich an einen Tisch und guckte einfach so vor sich hin. Nach einer Weile erhob er sich langsam und schlich nach draußen. Mit einem Block Papier kam er wieder, setzte sich verstohlen hin und

begann zu schreiben. Er schmiss die Worte und Sätze hastig aufs Papier. Dann hielt er inne, riss das beschriebene Blatt ab und zerknüllte es. Mehrmals ging das so.
Das dünne Mädchen Liese war in einem großen Sessel versunken. Sie saß dort schon eine ganze Weile und brütete vor sich hin. Dann schien sie plötzlich einen Entschluss gefasst zu haben. jedenfalls sprang sie auf und lief aus der Tür.
Die ältere Frau, Hermine, ging durch den Raum, guckte auf jeden einzelnen Stuhl und murmelte unablässig: »Was habe ich falsch gemacht? Wo ist nur mein Stuhl?« Sie setzte sich kurz hin, um sofort wieder aufzustehen und ihre Wanderung durch den Saal von neuem zu beginnen.
Irgendjemand hatte ein Kofferradio auf die Fensterbank gestellt. Zwei Sender liefen gleichzeitig. Niemand schien sich daran zu stören oder auch nur zuzuhören.
Der große Mann in den schwarzen Kleidern ging gemessenen Schrittes auf und ab. Niemals kreuzte er Hermines Weg. Sein Mund bewegte sich ständig, als kaute er auf etwas herum. Wenn er näher kam, hörte man, dass er Worte murmelte.
Maruschka saß mit Moni an einem kleinen Tisch. Vergeblich hatte sie versucht, mit ihrer Zimmernachbarin Mensch-ärgere-dich-nicht zu spielen. Moni war fahrig und unkonzentriert, verwechselte ständig die Farben und vergaß nach dem Würfeln ihre Figuren weiterzurücken.
Plötzlich wusste Maruschka, woher sie den Mann im schwarzen Umhang kannte. »Das ist Zorro«, tuschelte sie Moni zu, »ich kenne ihn vom Brunnen. Er geht oft vor dem großen Loch an der Einkaufstraße auf und ab und betet für den Frieden. Weißt du, wo früher das schöne Kaufhaus war ...

Maruschka verstummte. Sie musste Zorro unbedingt etwas fragen. Sie lief hinter ihm her und zupfte ihn am Ärmel seines wehenden, schwarzen Mantels.
»Du warst doch beim letzten Angriff auch dabei?« fragte sie ihn aufgeregt. »Weißt du, wie viel zerstört worden ist? Steht der Brunnen noch?«
»Sei unbesorgt, meine Tochter«, Zorro sprach mit etwas gestelzten Worten, die klangen, als lese er aus der Bibel, »Gott hat Gnade vor Recht ergehen lassen. Alles steht noch. Und allen seinen Kindern ist nichts passiert.« Maruschka war erleichtert. Wenn den Kindern Gottes nichts passiert war, dann auch ihren Kindern nicht. Vielleicht konnte sie schon bald zurückfahren, zum Brunnen. »Ist das hier dein Kloster?« fragte sie ihn weiter. Zorro lächelte salbungsvoll. »Wir sind alle Gäste Gottes«, sprach er, »und nun lass mich beten.«
Laut klappernd kündigte sich jemand Neues an. Ein großer, blonder, weiß gekleideter Mann mit rotem Gesicht schob einen Wagen herein, auf dem Gläser und eine große Kanne Tee standen. Jetzt fiel es Maruschka wie Schuppen von den Augen.
»Natürlich«, sagte sie für alle vernehmlich, »wir sind beim Guten Sankt Georg. Ich hab mir doch schon gedacht, dass wir nicht in Paris sind.«
Sie seufzte und warf einen langen Blick aus dem Fenster. »Wie schade. Ich hätte so gern mal wieder den Eiffelturm gesehen.«
Der Weißgekleidete sah auf die kleine Frau herab. » Wie schön, dass wir aufgestanden sind«, verkündete er, etwas zu laut. Er streckte ihr eine Hand hin: »Mein Name ist Jürgen Klaps. Ich bin hier der Stationspfleger.« Damit war das Gespräch beendet.

Der Pfleger warf einen bedenklichen Blick auf den kleinen Berg von Papier, der sich unter dem Stuhl des traurigen Mannes angesammelt hatte. »Gib's auf«, sagte er schroff. »Was hat die Ärztin in der Gruppentherapie gesagt? Du sollst keine Briefe mehr schreiben.«

Im Rausgehen fuhr er Hermine an: »Du machst nichts verkehrt. Hör nur endlich auf hier rumzulaufen. Das nervt.«

In der Tür kam ihm Liese entgegen: »Warst du schon wieder auf dem Klo?« fragte er, eine Spur freundlicher. Liese würdigte ihn keines Blickes und ging triumphierend an ihm vorbei, ohne ein Wort zu sagen.

Maruschka hatte die ganze Szene mit wachsendem Unmut beobachtet. Jetzt holte sie ihre Buntstifte aus einer der vielen Taschen ihres bunten Wollmantels und reichte sie dem traurigen Mann. »Versuchs doch mal mit malen«, sagte sie, »das ist viel leichter als schreiben. Ich kann auch nicht so gut schreiben.« Der Mann sah sie groß an. Brav griff er nach den Buntstiften. Maruschka schenkte indessen ein Glas Tee ein und brachte es Liese: »Trinken musst du auf jeden Fall, Kindchen.«

Hermine wanderte noch immer ruhelos im Raum herum. Maruschka legte einen Arm um ihre Schulter und schob sie auf einen Stuhl am Fenster. »Den anderen nehme ich«, beendete sie Hermines Entscheidungsnot und setzte sich. »Wir spielen jetzt Romme«, erklärte sie liebenswürdig und zog Spielkarten aus ihrem weiten Wollmantel, »die beiden netten Herren machen bestimmt mit. « Während einer der Zwillinge begann, die Spielkarten auszuteilen, stellte der andere das Radio richtig ein. Unauffällig verließ Moni den Raum.

Im Hochhaus von Frau Himmelblau

Die Hochhäuser waren leicht zu finden. Etwas länger brauchten die Kinder, um in der schier unendlich langen Reihe von Schildern bei den Klingelknöpfen den Namen »Himmelblau« zu entdecken.

Lena warf einen bedenklichen Blick auf die Gegensprechanlage: »Was sagen wir eigentlich, wenn da jemand 'rangeht und wir nicht wissen, ob das nun die Maruschka ist oder jemand ganz anderes?«

»Och«, grinste Felix gönnerhaft, »dir fällt schon was ein.«

Doch Lena brauchte sich nichts einfallen zu lassen. Denn auch nachdem Carlo zum dritten Mal den Klingelknopf gedrückt hatte, rührte sich nichts. Eine Frau mit einer Einkaufstasche in der einen und einem Hausschlüssel in der anderen Hand näherte sich der Haustür und musterte die Kinder skeptisch: »Wo wollt ihr denn hin?« – »Zu unserer Oma«, log Lena geistesgegenwärtig. »Sie erwartet uns zum Kaffee.« – »Ist die Klingelanlage denn schon wieder kaputt?« wunderte sich die Frau. »In diesem Haus funktioniert bald überhaupt nichts mehr. Na, kommt mal mit rein!«

Im Aufzug fragte sie: »In welches Stockwerk wollt ihr?« – »Ins Siebte«, sagte Felix aufs Geratewohl. Glücklicherweise stieg die Frau mit den Einkaufstaschen schon in der dritten Etage aus.

»Und nun?« fragte Carlo. »Nun fahren wir erstmal in die siebte Etage«, erklärte Lena, »und gucken da nach. Wir müssen eben Stockwerk für Stockwerk überprüfen.« Trotz des forschen Tons ihrer Chef-Detektivin fühlten sich die Kinder beklommen, wie Einbrecher in dem fremden Haus.

Sie liefen durch die langen Gänge der siebten Etage, dann stiegen sie durch ein zugiges Treppenhaus in die achte hinauf.

Auch hier war kein Türschild mit dem Namen »Himmelblau«. An manchen Türen standen überhaupt keine Namen. Andere waren mit beeindruckenden Schlössern und Riegeln gesichert. Obwohl so viele Menschen hier wohnten, war niemand zu sehen oder zu hören. In der neunten Etage verließ sie allmählich der Mut. Mehr als zehn Stockwerke hatte das Hochhaus nicht.
In der zehnten Etage stand eine Wohnungstür offen. Dass es Maruschkas Wohnung sein musste, erkannte Felix auf den ersten Blick: Im Flur lehnte der Roller an der Wand.
Einfach hineingehen mochten die Kinder nicht. Sie klingelten. Nichts rührte sich. Dann steckte Lena den Kopf in den Flur und rief: »Hallo!«
»Krallo!« rief eine helle Stimme zurück.
»Dürfen wir reinkommen?« rief Lena in den Flur.
»Aröll!« tönte es aus dem Inneren der Wohnung.
Die Kinder fassten sich ein Herz und traten ein. An der Schwelle zum Wohnzimmer blieben sie verblüfft stehen.
Dies war das merkwürdigste Wohnzimmer, dass sie je gesehen hatten. Das Allermerkwürdigste aber war: Mitten in dem Wohnzimmer stand ein zusammenklappbares Reisebett. In dem Reisebett saß ein Baby und grinste sie freundlich an.
Ich hab ja nicht so recht geglaubt, dass sie Mutter von zwanzig Kindern ist, dachte Felix. Aber immerhin hat sie ein Baby.
Hinter ihnen ertönte ein kurzer, erschrockener Laut, fast ein Aufschrei. Die Kinder drehten sich um. Eine junge Frau mit einem Wäschekorb in der Hand starrrte sie entgeistert an: »Wo kommt ihr denn her?« Sie wartete eine Antwort nicht ab. »Ich war doch nur mal eben über den Flur, im Trockenraum. Ich hab die Tür aufgelassen, damit ich das

Baby höre, wenn es schreit«, setzte sie fast entschuldigend hinzu.

»Sind Siiie Frau Himmelblau?« fragte Lena.

»Das bin ich«, antwortete die junge Frau und stellte ihren Wäschekorb auf das Sofa. Die Kinder guckten sie ziemlich blöd an. Jetzt lächelte die unfreiwillige Gastgeberin. »Anna Himmelblau«, fügte sie erklärend hinzu. »Ich glaube, ihr wollt nicht zu mir, sondern zu meiner Mutter.«

»Ging gong«, sagte das Baby leise.

»Wo ist sie?« fragte Felix. Die ganze Situation war so sonderbar, dass ihm nur einfiel, zu fragen, was er unbedingt wissen wollte. Die junge Frau zögerte: »Ich weiß ja nicht, wie gut ihr meine Mutter kennt ... Sie ist im Krankenhaus.« Sie bemerkte Felix' erschrockenen Gesichtsausdruck. »Nichts Schlimmes«, fügte sie beruhigend hinzu. »Sie hat halt ab und zu Phasen, wo es ihr nicht so gut geht. Oft passiert es im Frühjahr. Sie soll jetzt nur mal wieder zur Ruhe kommen.«

»Seit wann ist sie im Krankenhaus?« fragte Felix.

»Seit gestern Abend«, antwortete die junge Frau, »ich habe den Pastor gebeten, sie hinzubringen.«

Sie schluckte und schwieg einen Moment. Dann gab sie sich einen Ruck: »Es ist das Beste für sie. Jetzt kümmere ich mich jedenfalls um ihre Wohnung.«

Felix und die Kinder wagten wieder, sich ein bisschen in dem Raum umzusehen. An allen Wänden waren Leinen gespannt. An den Leinen waren unzählige Bilder mit Wäscheklammern befestigt. Der ganze Raum war gefüllt mit allen diesen merkwürdigen Dingen, die sie schon bei ihrer ersten Begegnung in Maruschkas Taschen entdeckt hatten. Kinderkleidung, Buntstifte, Stapel von Bildern, die aus Illustrierten herausgerissen waren, Kuscheltiere, Wollknäuel, Schalen mit

Äpfeln und Süßigkeiten und tausend andere Dinge.
Felix überlegte: Seit gestern Nachmittag war Maruschka im Krankenhaus. Gestern Nachmittag hatte er Finchen am Marktplatz getroffen. Finchen hatte Maruschka also nicht finden können. Das Mädchen konnte nicht mit Maruschka zusammen sein. Er fühlte sich wieder einmal sehr mutlos.
»Können wir sie im Krankenhaus besuchen?« fragte Lena.
Für Lena schien alles nur ein spannendes Spiel. Aber Felix war dennoch froh, dass die Freundin nicht locker ließ.
Maruschkas Tochter zögerte. »Warum eigentlich nicht«, sagte sie schließlich. »Sie wird sich über Kinderbesuch bestimmt freuen. Sie sagt immer, dass sie in der Klinik am meisten die Kinder vermisst.« Sie dachte einen Augenblick nach. »Vielleicht könnt ihr sie morgen besuchen«, fügte sie entschlossen hinzu, »ich kann morgen nämlich nicht zu ihr fahren.«
»Können Sie uns die Adresse aufschreiben?« Schon hatte ihr Lena den Notizblock hingestreckt. Die junge Frau malte ihnen gleich eine richtige Wegbeschreibung. »Da bin ich ja mal gespannt, ob sie euch reinlassen«, sagte sie und gab Lena den Block zurück.
Carlo hatte die ganze Zeit überhaupt nichts gesagt. Völlig versunken saß er auf dem Fußboden vor dem Reisebett und schnitt dem Baby Grimassen. Das gluckste und kicherte begeistert vor sich hin und versuchte, Carlo in die Nase zu kneifen. Als der große junge jetzt aufstand, stieß das Baby einen empörten Wutschrei aus. Dann begann es laut und anhaltend zu brüllen.
Maruschkas Tochter nahm das schreiende Kind aus dem Bettchen und versuchte, es zu beruhigen. Felix wusste, es hatte keinen Sinn, ihr jetzt noch weitere Fragen zu stellen.

Außerdem musste er dringend nach Hause. Papa kam aus Hengelo zurück.

Plietsch wie ein Pinguin

Auf dem Flur traf Maruschka Moni wieder. Ruhelos tigerte sie auf und ab.

Maruschka nahm sie an der Hand und lief ein Stück neben ihr her. »Was ist denn los, mein Herzchen?« Beruhigend tätschelte sie Monis Arm. »Du brauchst keine Angst zu haben. Die sind alle ganz lieb hier. Und wenn's uns nicht mehr gefällt, können wir ja gehen.«

Moni seufzte. »Ich muss bleiben«, sagte sie kurz, »aber mein Kind macht mir Sorgen. Wenn ich nur wüsste, dass es meiner Tochter gut geht.«

Maruschka warf Moni einen verschwörerischen Blick zu. »Komm mit auf die Terrasse. Ich zeig dir was.«

Die Terrasse war eigentlich ein Wintergarten und der schönste Raum der ganzen Station. Verschnörkelte, gusseiserne Säulen trugen das Dach, die Fenster hatten Spitzbogen. Man konnte in die Bäume hinausgucken und dabei Vögel und Eichhörnchen beobachten. Eine kleine Türe führte über ein paar Stufen in den Park. Merkwürdigerweise war die Terrasse fast immer leer. Nur ein paar ziemlich schäbig aussehende Gesellschaftsspiele lagen hier herum.

Maruschka sah sich prüfend um und seufzte erleichtert auf: »Sie sind alle da.« Zu Moni gewandt erklärte sie: »Meine Kinder sind angekommen. Ich bin so froh, dass sie hier sind. Ich nehm' sie nicht mit auf die Station. Aber hier auf der Terasse haben sie es sehr gut.« Sie murmelte ein paar unverständliche Worte und holte eine Tüte mit Gummibären aus einer Manteltasche. Sie verteilte die Gummiteddys in regelmäßigen Abständen auf dem Fensterbrett. »Das reicht für's Erste«, sagte sie zufrieden und wandte sich Moni zu. Moni war auf einem Stuhl in sich zusammengesunken. Sie guckte Maruschka zu, und gleichzeitig liefen ihr die Tränen über das Gesicht. »Ich wünschte, ich hätte meine Tochter auch mitbringen können«, flüsterte sie jetzt. Maruschka setzte sich zu ihr und sah sie aufmerksam an. »Vielleicht kommt sie ja noch. Meine Kinder haben auch nicht gleich zu mir gefunden.«

Moni schüttelte den Kopf. »Ich weiß ja noch nichtmal, wo sie im Moment ist. Ich bin Hals über Kopf von zu Hause weg und hab es ihrem Lehrer überlassen, sie irgendwo unterzubringen.« Moni sah todunglücklich aus. »Ich hab mich in letzter Zeit viel zu oft mit ihr gestritten. Ich war nicht mehr gut für mein Kind. Ich war zu viel alleine und meine Tochter auch. Sie hat sich fast nur noch auf der Straße herumgetrieben.«

»Ich lebe auch fast die ganze Zeit auf der Straße«, warf Maruschka ein. »Draußen am Brunnen hab ich viele Freunde. Das sind ganz liebe Menschen.«

Moni schaute sie erstaunt an. Sie seufzte. »Das ist doch nichts für ein Kind.«

»Ach«, Maruschka wiegte ihren großen Kopf, »wenn Kinder am Brunnen sind, ist es doch viel schöner. Und manche Kinder sind schon sehr plietsch.«

Plietsch? Moni kam nicht aus Norddeutschland. Und dieses komische Wort, das wie Pinguin klang, kannte sie überhaupt nicht.

»Na, die wissen sich zu helfen, die sind manchmal schlauer als wir Alten«, erklärte Maruschka. »Ich hab' so eine kleine

Freundin am Brunnen. Sagt kaum einen Ton, aber wenn's drauf ankommt, weiß sie Bescheid. Den ganzen Markt kennt sie. Wenn sie Hunger hat, holt sie sich Brötchen bei Frau Dreesen. Ich glaub', die hat sich sogar mit Jan angefreundet. Neuerdings bringt sie manchmal den Felix mit, ihren Schulfreund, ein ganz lieber Junge.« Maruschka hatte sich in Schwung geredet und fiel jetzt wieder in ihren gewohnten Singsang. »Weißt du was, ich nehm' dich mal mit zum Brunnen. Dann lernst du alle meine lieben Freunde kennen.«
Moni starrte grüblerisch vor sich hin. »Meine Tochter hat glaub' ich überhaupt keine Freunde mehr. Die traut sich ja nie, jemanden mit nach Hause zu bringen. Kein Wunder, so wie es bei uns aussieht.«
Plötzlich änderte sich ihr Gesichtsausdruck, ihre Lippen wurden schmal. Fast feindselig sah sie Maruschka jetzt an. »Aber mit Pennern und Bettlern hat meine Tochter nichts zu tun. Das muss ja nun wirklich nicht sein.«
Maruschka wiegte ihren großen Kopf. »Ach Herzchen«, sagte sie nur leichthin. Dann packte sie ihre Buntstifte aus. »Seit meine Kinder bei mir sind, kann ich wieder malen«, verkündete sie und machte sich ans Werk.
Moni sprang auf. Maruschkas zufriedene Gelassenheit schien sie immer wütender zu machen. »Ich geh' jetzt jedenfalls zum Stationspfleger«, sagte sie scharf, »der wird ja wohl mal für mich telefonieren können. Man wird wohl noch erfahren dürfen, wo die eigene Tochter untergebracht ist!« Türen knallend verließ sie den Raum.
Maruschka lächelte. Sie hielt den Kopf schief und schien zu lauschen. »Mach dir keine Sorgen«, sagte sie dann, als wäre Moni noch im Raum, »Finchen findet sich schon zurecht.« Und sie begann einen Vogel mit bunten Federn zu malen.

Samstag 26. März

Jürgen Klaps kommt ins Stottern

Am Samstagmorgen schien die Sonne auf eine vom Regen blank geputzte Welt. Finchen stand in der Einfahrt des Krankenhauses zum Guten Sankt Georg und fühlte sich zum ersten Mal wieder eingeschüchtert. Eine rot-weiße Schranke versperrte ihr den Weg auf das Krankenhausgelände. Ob man einfach daran vorbeigehen durfte? Wäre doch Maruschka hier! Sie hätte bestimmt weitergewusst.

Sie klopfte an die Glasscheibe des Pförtnerhäuschens. Ein mürrisch dreinblickender Mann saß dahinter und löste Kreuzworträtsel. Finchen musste sich auf die Zehenspitzen stellen, um mit ihm zu sprechen.

»Ich möchte meine Mutter besuchen«, erklärte sie mit klarer Stimme, »Monika Schnelle. Können Sie mir sagen, wo ich die finde?« – »Moment«, brummte der Pförtner. Er tippte den Namen in seinen Computer ein. »Die liegt Haus 8, allgemeine Aufnahme«, sagte er. »Immer geradeaus, die zweite Straße links und dann kommst du direkt drauf zu.« – »Danke«, sagte Finchen wohlerzogen.

Eigentlich war dies ein besonders schönes Krankenhaus, fand Finchen. Das weitläufige Gelände sah eher aus wie ein Park. Große alte Bäume standen hier. Nur wenige Autos waren auf dem Gelände unterwegs und die fuhren ganz langsam. Viele Häuser lagen verstreut unter den Bäumen. Die meisten hatten nur zwei Stockwerke. Einige waren hübsch verziert. Ein Kaninchen huschte direkt vor Finchen über die Straße und

verschwand im Gebüsch. Mama gefällt es hier bestimmt auch, dachte sie zufrieden.
Das Haus 8 war leicht zu finden. Aber welches war wohl der richtige Eingang? Hinter der ersten Tür, die Finchen aufmachte, war eine große Küche. Frauen hantierten laut klappernd mit riesigen Kochtöpfen. Bevor jemand das Mädchen entdeckt hatte, machte sie die Tür leise wieder zu. Dann stemmte sie eine große, zweiflügelige Holztür auf und stand in einem kahlen Treppenhaus. Von innen war das Haus viel weniger einladend als von außen. Sie lief ein paar Stufen hoch. Links und rechts gingen lange, kahle Flure ab. Eine große Uhr tickte. Kurz vor zehn. Hinter welcher dieser vielen Türen war wohl Mama? Ein paar Stimmen waren zu hören, sonst nichts. Ein großer Mann in weißen Kleidern und klappernden Holzpantinen ging an ihr vorbei. Dann stutzte er, drehte sich um und guckte Finchen interessiert an.
»Wo willst du denn hin?«
»Ich will meine Mama besuchen!«
»Wie heißt du denn?« fragte der Mann, plötzlich ein bißchen aufgeregt.
»Ich bin Finchen, das heißt – Josefine Schnelle.«
Diese Antwort hatte eine verblüffende Wirkung.
Der Mann machte eine merkwürdige, halbe Drehung um sich selbst. Dann packte er Finchen bei den Hüften, hob sie in die Luft und wirbelte sie einmal um sich herum. Er setzte sie ab, haute ihr mit einer seiner großen Pranken auf die Schulter und ließ sich selbst mit einem tiefen Seufzer auf den Treppenabsatz sinken. Finchen musste sich auch setzen.
Ihr war schwindelig.
»M-M-Mensch – M-M-Mädchen«, stotterte der Pfleger.
»W-W-Wir haben uns S-S-Sorgen um dich gemacht ...«

Finchen sah den Mann verständnislos an.
»Du kennst mich doch gar nicht.«
Der Mann holte ein großes Taschentuch hevor und wischte sich die Stirn ab. »Ich mmuss mich erstmal beruhigen. Dann hör' ich auch auf zu sttottern.«
Finchen nickte.
»Bist du Mamas Arzt?«
»K-K-Krankenpfleger ... Ich heiße Jürgen Klaps.«
Komischer Name, dachte Finchen. Wäre nicht alles so aufregend gewesen, hätte sie darüber lachen müssen. Aber sie fragte weiter:
»Wo ist Mama?«
»Deine Mama ist hier«, sagte Jürgen Klaps. Er war jetzt nicht mehr ganz so rot im Gesicht, »aber jetzt will ich dir erstmal erklären, was hier los war. Gestern abend kommt deine Mutter zu mir. Ich soll den Lehrer anrufen. Weil der sich doch um dich kümmern sollte. Sie wollte sich vergewissern, dass es dir auch wirklich gutgeht.« Finchen hatte plötzlich einen Kloß im Hals. Aber Jürgen Klaps merkte nichts und erzählte weiter.
»Dein Lehrer aber war nicht zu Hause. Da hab ich ihn heute ganz früh wieder angerufen. Na ja, und da sagt mir der Mann, er weiß von nichts. Und dass du zwei Tage nicht in der Schule warst.«
Finchen verstand. Der Kloß im Hals wurde noch dicker.
»Habt ihr das Mama gesagt?« fragte sie schuldbewusst.
»Nee, ein Glück noch nicht«, antwortete der Pfleger,
»die war sowieso schon so durch'n Wind. Dein Lehrer steht wahrscheinlich gerade bei dir zu Hause vor der Tür und guckt nach, ob du da bist.«
Er rappelte sich hoch, legte Finchen seine große Hand auf die

Schulter und schob sie vor sich her. »Na, komm mit, ich bring dich zu deiner Mutter. Und dann will ich mal schnell bei der Polizei anrufen, dass wir dich wiederhaben. Die können dann auch den Hansen informieren.«
Finchen war ziemlich beklommen zumute. Jetzt würde also alles rauskommen. Herr Hansen würde von Mamas Krankheit erfahren und Mama vom Schuleschwänzen.
Aber irgendwie war es auch ein schönes Gefühl, dass sich so viele Leute Sorgen um sie gemacht hatten.

Geheime Expedition

Felix und Carlo trafen sich spätvormittags an der S-Bahn-Station. Felix' großer Freund grinste breit. »Ich hab meinen Eltern erklärt, wir sind beim Basketball-Turnier im Stadtpark. Die waren vollkommen begeistert über diese sinnvolle Freizeitgestaltung.«
Auch bei Felix hatte es keinen Ärger gegeben, dafür hatte er gesorgt. Er hatte heute morgen schon freiwillig das Aquarium sauber gemacht, was eigentlich Kurts Aufgabe war. Nebenbei war er immer mal wieder ans Telefon gegangen und hatte Finchens Nummer gewählt. Aber es hatte niemand abgehoben.
Um fünf Minuten nach elf bremste ein roter Kombi direkt vor den beiden Jungen. Aus dem Auto kletterten Lena und Lukas mit gepackten Taschen. »Was soll ...?« legte Carlo los. Lena warf ihm einen beschwörenden Blick zu: »Er wollte unbedingt mit ins Hallenbad. Er hat doch gerade sein Seepferdchen gemacht! Das war die Bedingung, dass ich Lukas mitnehme!« Felix und Carlo sahen sich an. Hallenbad! So etwas konnte auch nur Lena einfallen.

»Außerdem hat mein Vater gesagt«, erzählte Lena und sah dem davonfahrenden Kombi hinterher, »der Lukas trampelt ihm im Schrebergarten sowieso nur die Beete kaputt.«
Auf der Fahrt knöpfte Carlo sich Lukas vor. Vor Carlo hatte Lukas den größten Respekt. »Pass mal auf, mein Junge«, erklärte Carlo, »du nimmst an einer Geheimexpedition teil. Nicht ins Schwimmbad, ganz woanders hin. Und wenn du uns verpetzt, nehmen wir dich nie, nie, nie mehr irgendwo mit hin!« Auf Lukas' Gesicht spielte sich ein ganzes Wechselbad von Gefühlen ab. Er war todtraurig, dass er nicht ins Schwimmbad durfte. Aber eine Geheimexpedition, das war natürlich viel aufregender. Er spürte, von ihm hing eine Menge ab. »Kein Sterbenswort, ich verspreche es«, sagte er feierlich.
Am Westbahnhof mussten sie umsteigen. Felix wurde unruhig. Ob man nicht doch mal eben zum Brunnen …?
»Lass stecken, Alter«, meinte Carlo, »diese Frau Himmelblau, oder wie sie heißt, ist in der Klinik. Das wissen wir doch.«
Aber Felix hielt es nicht auf dem Bahnsteig.
»Nur fünf Minuten – ich bin sofort wieder da!« Die anderen trotteten widerwillig hinter ihm her.
Am Brunnen war wieder jede Menge los. Händler breiteten ihre Waren aus. Eine Menge Bierdosen lagen herum. Zwei Hunde stritten sich um einen Knochen. Ein junger Afrikaner saß auf einer Kiste und schlug die Trommeln. Und ein Stück weiter entfernt hatte sich sogar ein ganzes, kleines Orchester aufgestellt und spielte gegen den Rhythmus des Trommlers an. »Wir kommen aus St. Petersburg«, las Felix auf einer Pappe.
Auf der Treppe zum Brunnen saß Jan, eine Zigarette in der einen, eine Bierdose in der anderen Hand. Hero hatte brav zu

seinen Füßen Platz genommen. Der Irokese sah ein bißchen zerknittert aus, aber er erkannte Felix sofort.
»Wen suchst du denn hier?« fuhr er den Jungen etwas schroff an.
»Meine Freundin.«
Jan knurrte: »Ich auch.«
»Maruschka?« fragte Felix.
Jan lachte kurz und trocken auf: »Ein guter Name! Ja, sie fehlt hier!« Er blickte über den ganzen Platz. »Ich hab' so ein Gefühl im Bauch, das mir sagt, die ist nicht in Paris.«
»Ich suche Finchen«, erklärte Felix.
»Die hab' ich nach Hause geschickt«, meinte Jan ruhig.
Es war zum Verzweifeln. Er hatte mit Finchen gesprochen und hatte sie nach Hause geschickt. Wo keiner war.
»Ich weiß, wo Maruschka ist«, sagte Felix, »sie ist in einer Klinik. Ich weiß sogar, in welcher.«
Jans Gesicht verfinsterte sich: »Wer hat sie da reingebracht? Maruschka braucht keine Klinik! Die ist nicht krank und auch nicht verrückt. Die muss nur ab und zu mal ihre Ruhe haben.«
»Wir fahren hin«, sagte Felix, »und besuchen sie. Das kannst du ja auch machen.« Er wollte ihm lieber nicht vorschlagen, mit ihnen zusammenzukommen.
»Nee, nee, lass mal, Junge«, sagte Jan hart, »Jan betritt keine Häuser aus Stein. Nie im Leben.«
Felix ärgerte sich. Er hatte Jan geholfen, hatte ihm gesagt, wo Maruschka war. Und der tat jetzt so, als wäre seine Macke mit den Steinhäusern die wichtigste Sache der Welt. »Wenn sie wirklich deine Freundin ist, musst du auch was für sie tun«, platzte es aus ihm heraus.
Aber für Jan war das Gespräch offenbar beendet.

»Dann brauch ich ja hier nicht länger'rumzuhängen«, sagte er, ein bisschen beleidigt, »komm Hero, wir gehn nach Hause.« Als er schon ein paar Schritte entfernt war, drehte er sich nochmal zu Felix um und rief: »Wenn du sie siehst, sag ihr, sie soll möglichst schnell wieder rauskommen, aus der Klapsmühle!«

Die anderen Kinder warteten schon ungeduldig auf Felix. Gemeinsam machten sie sich auf den Weg zurück zu den Bahnsteigen. Felix konnte sich allmählich nicht mehr daran erinnern, dass er das Leben am Brunnen jemals bunt und spannend gefunden hatte.

Das große Lachen

Zusammen mit dem bleichen Mädchen Liese lief Maruschka durch den Krankenhauspark. Die Sonne schien und Jürgen Klaps hatte einen Spaziergang erlaubt. Maruschka wollte wissen, ob Liese eine Oma hatte. »Eltern genügen nicht«, erklärte sie, ohne die Antwort abzuwarten. Und da war sie ganz sicher: »Eltern sind sehr wichtig, sie können einem viel Gutes beibringen, aber auch sehr weh tun. Dann braucht man einen Menschen, der 'ne Etage weiter weg ist.« Liese nickte und hakte sich bei Maruschka unter.

Als sie zurückkamen, hatten beide vom Laufen und von der frischen Luft rote Wangen. Sie traten in den Aufenthaltsraum. Die alten Zwillinge spielten wieder Karten. Der schöne Mann träumte vor sich hin. Hermine ging herum und kontrollierte, ob alles in Ordnung war. Nur der große Sessel vor dem Fenster war verwaist: Dort saß ja sonst Liese. Zorro ging betend zwischen seinen Schäfchen auf und ab.

Maruschka und Liese standen noch etwas unschlüssig in der

Tür. Da stürzte ihnen, aufgeregt und mit glänzenden Augen, Moni entgegen: »Ratet mal, wer gekommen ist!« Maruschka hatte keine Zeit zu antworten. Schon hörte sie hinter sich eine helle Stimme: »Maruschka.« Sie drehte sich um. Da flog ihr ein schmales Mädchen in die Arme – Finchen! »Ich habe dich so gesucht!«

Maruschka wusste: Es war eine lange Suche gewesen. Und so eine lange Suche konnte nur mit einer heftigen Umarmung beendet werden.

Moni schaute von der einen zur anderen. Und begriff endlich.

»Meine neue Freundin Maruschka ...« sagte sie.

»Das ist meine Freundin Maruschka!« protestierte Finchen lachend.

»Meine Tochter Josefine ist ...«, noch einmal setzte Moni an.

»Meine Freundin Finchen«, fiel ihr Maruschka ins Wort.

»Das wissen wir doch schon lange.« Dann schauten sie sich alle drei an und fingen an zu lachen.

Sie lachten so laut, so herzhaft und so befreit, wie in diesem Saal schon lange nicht mehr gelacht worden war. Wie ein Windstoß fuhr das Lachen unter die Menschen, die bisher so getan hatten, als hätten sie den Besuch des kleinen Mädchens überhaupt nicht bemerkt.

Als Erstes lachte Zorro. Das hörte sich ein wenig knarzig und holperig an, beinahe so, als würde ein verrosteter Zug endlich wieder in Gang gesetzt. Dann begannen die alten Zwillinge zu kichern. Erst glucksten sie leise in sich hinein, dann prusteten sie laut los und schlugen sich dabei gegenseitig auf die Schenkel. Liese versuchte es zunächst mit einem stillen Lächeln. Doch bald schüttelte es sie so, dass ihr vor Lachen die Tränen in den Augen standen. Selbst Hermine fragte sich ausnahmsweise nicht, ob sie auch alles richtig gemacht hatte,

H.W. 1996

H.W. 1996.

H.W. 1997

sondern gackerte los wie ein Schulmädchen. In diesen vielstimmigen Chor mischte sich nun noch ein Basston: das mächtige, dröhnende Gelächter des schönen Mannes mit den traurigen Augen.
Der ganze Saal dröhnte, gluckste und prustete, als sich die Tür öffnete. Eine junge Ärztin kam herein und blickte verstört um sich. »Maruschka hat schon wieder ein Kind«, prustete Zorro. Und wieder brach das Gegacker los. Hinter die Ärztin war Pfleger Jürgen Klaps getreten. Er strahlte sowieso schon wie ein Honigkuchenpferd Sie blickten in die lachende Runde. Und dann blieb ihnen nichts anderes übrig, als in den vielstimmigen Chor miteinzufallen.
Später saßen Maruschka und Moni, Finchen und Jürgen Klaps im Aufenthaltsraum zusammen. Zur Feier des Tages hatte der Krankenpfleger extra Kakao gekocht. Zur Belohnung durfte er zuhören, als Finchen erzählte. Und Finchen erzählte lange: Angefangen von dem Streit mit Mama. Wie sie zu Mama gesagt hatte, sie würde bei ihrer Freundin Maruschka übernachten und dann einfach weggegangen war. Wie sie Maruschka gesucht und Jan gefunden hatte. Als von der Nacht im Bauwagen die Rede war, stockte Moni der Atem. Doch Maruschka beruhigte sie gleich. Jan war in Ordnung. Auf den ließ sie nichts kommen.
Am nächsten Tag war Finchen mit Jan zum Brunnen gegangen. »Naja«, sagte sie leise, »und da war ja dann die Randale mit den Glatzen …«
Moni wurde noch etwas blasser und sah ihre Tochter mit schreckgeweiteten Augen an. Auch Maruschka fing an, ihren Kopf unruhig hin- und herzuwenden.
»Vielleicht erzählst du uns das später noch genauer«, sagte Jürgen Klaps behutsam.

»Warum hast du eigentlich nicht getan, was ich dir aufgeschrieben habe?« fragte Moni bekümmert. »Du solltest dich doch an Herrn Hansen wenden. Der hätte alles für dich geregelt.«
Finchen biss sich auf die Lippen. »Erstens hatte ich ja keine Entschuldigung von dir – für den Tag, wo ich nicht in der Schule war. Zweitens«, das Mädchen holte Luft, »habe ich gedacht, wir brauchen Herrn Hansen nicht, weil ich ja Maruschka habe. Und Maruschka hatte ich mir als Oma ausgesucht.« Finchen schwieg einen Moment und setzte dann leise hinzu: »Wenn ich, also wenn wir eine Oma hätten, dann könnte ich auch mal bei der sein. Und du hättest nicht soviel Arbeit mit mir, Mama.«
Niemand sagte etwas. Maruschka nahm Finchens Hand zwischen ihre beiden Hände und hielt sie ganz einfach fest. Finchen schöpfte wieder Mut.
»Außerdem«, erklärte sie, »wollte ich meinen Geburtstag mit Maruschka feiern – und mit Mama.«
»Du hast Geburtstag?« fragte Jürgen Klaps erstaunt.
»Morgen«, sagte Finchen.
Dann erzählte sie noch schnell davon, wie sie eine Nacht ganz allein in der Wohnung geschlafen hatte. Und dass Jan sie auf die Idee gebracht hatte, einfach zu Mama zu fahren, in die Klinik.
In dem großen Aufenthaltsraum war es ganz still geworden. Die Zwillinge hatten ihr Kartenspiel beiseite gelegt. Hermine saß ganz ruhig auf ihrem Stuhl. Der schöne Mann stand am Fenster und schaute aufmerksam zu Moni und Finchen, Maruschka und Jürgen Klaps hinüber. Und Liese hatte sich verkehrt herum in ihren Sessel gesetzt. Sie hatte nicht aus dem Fenster geguckt, sondern gebannt zugehört. Zorro ging

zwar noch im Raum auf und ab. Aber er murmelte keine Gebete mehr und machte rücksichtsvolle Bogen um die kleine Sitzgruppe herum.
Alle Augen richteten sich jetzt auf Jürgen Klaps. Der drehte seine Kakaotasse nachdenklich in der Hand herum. Dann stand er auf.
»Heute bleibst du jedenfalls hier«, sagte er aufmunternd zu Finchen. »Du kannst bei deiner Mutter schlafen. Ein Bett ist sowieso frei.« Er schaute in die Runde und setzte etwas leiser hinzu: »Ist eine Ausnahme. Muss nicht gleich jeder in der Klinik erfahren. Geht nämlich auf meine Kappe.« Ein Seufzer der Erleichterung lief durch den Raum.

Dies ist eine Klinik und kein Kinderspielplatz

Der Pförtner des Krankenhauses zum Guten Sankt Georg schaute widerwillig von seinem Kreuzworträtsel auf. Neuerdings kamen hier ziemlich viele Kinder zu Besuch.
»Seid ihr denn mit der Dame verwandt?«, fragte er skeptisch.
Die Kinder sahen ein wenig ratlos drein. War es ein Vorteil oder ein Nachteil, mit Maruschka verwandt zu sein?
»Entfernte Verwandte«, murmelte Lena unschlüssig.
»So geht das aber nicht!« sagte der Pförtner unfreundlich.
Er hatte mittlerweile sein Pförtnerhäuschen verlassen und stand mit den Kindern an der rot-weißen Schranke.
»Dies hier ist eine Klinik und kein Kinderspielplatz! Normalerweise kommt hier keiner unter vierzehn Jahren rein. Ein einzelnes Kind, na ja, aber eine ganze Meute ... das kann ich nicht verantworten.«
Lukas Gesicht verzog sich bedenklich. Er hatte allmählich genug von diesem Ausflug. Erst wurde das Hallenbad

gestrichen, und dann hatte man es nur mit so unfreundlichen Männern zu tun.
»Ich will zu meiner Mama«, sagte er böse. Dann brach es aus ihm heraus. Laut schluchzend warf er sich in Carlos Arme und schrie, verzweifelt und wild: »Ich will zu meiner Mama!«
Das können wir hier vergessen, dachte Felix. Er wollte schon freiwillig abdrehen. Doch in diesem Moment bemerkte er, dass Lukas' herzzerreißendes Schluchzen eine überraschende Wirkung hatte. Der Pförtner zog ein großes Taschentuch hervor und reichte es Carlo: »Ist ja schon gut, dann trockne deinem Brüderchen mal das Gesicht«, sagte er entnervt.
»Hättet ihr ja gleich sagen können, dass diese Frau Himmelblau eure Mutter ist.«
Er verschwand wieder in seinem Glaskasten und tippte den Namen in den Computer ein. »Allgemeine Aufnahme, Haus 8«, sagte er dann, sehr dienstlich. »Immer geradeaus, die zweite Straße links und dann kommt ihr direkt drauf zu. Und wenn euch jemand fragt: Ich hab euch hier nicht reingelassen.« Ohne Danke und Tschüss zogen die vier Kinder davon.
Sie gingen denselben Weg, den Finchen ein paar Stunden zuvor gegangen war. Sie standen im selben Treppenhaus und fragten sich, wie sie hinter einer dieser Türen Maruschka finden sollten. Und auch diesmal kam ein großer, blonder Krankenpfleger durch das Treppenhaus gelaufen.
»Wo wollt ihr denn hin?« fragte Jürgen Klaps.
»Zu unserer ...« setzte Lena an.
»Zu Frau Himmelblau«, sagte Felix schnell. Es schien ihm nicht klug, schon wieder eine Lügengeschichte zu erzählen.
Der Krankenpfleger guckte ein bisschen erstaunt, aber nicht unfreundlich. »Das wird ja immer besser hier! Na ja, auf ein

paar Kinder mehr kommt es jetzt auch nicht mehr an! Frau Himmelblau sitzt da vorn, im Aufenthaltsraum.«

In der Tür blieben die Kinder unwillkürlich stehen. Natürlich, Maruschka war nicht zu übersehen. Sie saß mitten im Raum und unterhielt sich mit einer bleichen jungen Frau. Aber da war ja auch Finchen! Saß da und spielte mit einem jungen Mädchen Elferraus, als wäre das die selbstverständlichste Sache der Welt.

Felix war froh. Er spürte jetzt erst richtig, wie viel Angst er um Finchen gehabt hatte. Und stolz war er auch. Seine Überlegung war richtig gewesen. Finchen war wirklich bei Maruschka.

»Was machst du denn hier?« Finchens helle Stimme holte ihn aus seinen Gedanken. »Ich habe dich gesucht.« Felix sagte es so, wie es war.

»Also eigentlich die Maruschka. Aber die haben wir gesucht, weil wir dich gesucht haben.« Felix spürte, dass er rot wurde.

»Ach, nee«, sagte Finchen, »da waren ja wohl in letzter Zeit ziemlich viele auf der Suche.« Sie freute sich offensichtlich und wirkte zugleich ein bisschen verwirrt.

»Wen hast du denn noch alles mitgebracht?« Sie warf einen Blick zur Tür.

Die anderen Kinder standen noch immer etwas unbeholfen und verlegen auf der Türschwelle und betrachteten die seltsame Gesellschaft. Auch die übrigen Gäste waren jetzt auf den Kinderbesuch aufmerksam geworden. Der Mann mit den traurigen Augen starrte aus seiner Position am Fenster zu Carlo hinüber. Besser gesagt war es Carlos Hemd, das seine Aufmerksamkeit anzog. Ein nagelneues Borussia-Trikot, vom Taschengeld zusammengespart.

»Weißt du, wie Dortmund gespielt hat?« fragte er aufgeregt

und ungewohnt laut. »Hier ist nämlich der Fernseher kaputt.« – »Eins zu eins«, antwortete Carlo, »lag aber am Schiedsrichter.« Und schon saßen die beiden zusammen auf der Fensterbank und fachsimpelten über Fußball. Lukas hörte mit offenem Mund zu.

Lena sah sich Hilfe suchend um. »Kannst du mal ein bisschen aus dem Weg gehen?« Eine Krankenschwester balancierte einen riesigen Stapel Bettwäsche an dem Mädchen vorbei. Lena guckte der jungen Frau interessiert zu. »Ich will auch Krankenschwester werden, aber mit richtigen Kranken!« verkündete sie.

Die Schwester stutzte. Sie sah Lena nachdenklich an: »Was heißt hier richtig krank? Die Menschen, die hier sind, sind an der Seele krank. Es ist nicht leichter, eine kranke Seele zu haben als ein gebrochenes Bein. Das musst du wissen, wenn du diesen Beruf ergreifen willst.«

Nur einen Moment lang war Lena eingeschnappt. Dann lief sie hinter der Schwester her, zu den großen Schränken im Flur.

»Aber die Kranken hier«, setzte sie beharrlich nach, »die müssen nicht im Bett liegen, die sitzen hier gemütlich rum und spielen Karten.«

»Manche von ihnen müssten auch nicht hier sein«, erklärte die Krankenschwester, »wenn sie zu Hause vertraute Menschen hätten. Kinder haben es da leichter. Wenn die nachts Angst haben, können sie zu den Eltern ins Bett krabbeln. Wenn du mal etwas erzählst, was nicht stimmt, wird einfach gesagt: Das Mädchen hat eben zu viel Fantasie.«

Lena nickte. Das kannte sie. »Aber Erwachsene müssen immer vernünftig sein. Sie müssen wissen, was Wirklichkeit ist und was nicht.«

Lena dachte weiter nach. »Mein Bruder hat sich mal einen Freund ausgedacht. Von dem hat er uns so viel erzählt, dass wir irgendwann alle geglaubt haben, den gibt's wirklich.«
Die Schwester nickte nachdenklich. Dann sah sie erschrocken auf die Uhr.
»Ach du meine Güte! Ich habe gar keine Zeit mehr.«
»Kann ich dir helfen?« fragte Lena eifrig. »Klar!« meinte die Schwester fröhlich. Sie holte aus dem Schrank den kleinsten Schwesternkittel, den sie finden konnte und krempelte Lena die Ärmel dreimal um.

Der Brief

»Du brauchst es ja nicht allen Kindern zu erzählen«, sagte Finchen zu Felix, »aber meine Mama ist auch hier. Weil sie zu viele Tabletten genommen hat und sich davon erholen muss.«
Ohne groß darüber zu reden, waren die beiden Kinder zusammen in den Krankenhauspark hinausgelaufen. Sie hatten einander einiges zu erzählen.
»Wo warst du eigentlich die ganze Zeit?« fragte Felix. »Warum warst du nicht in der Schule?«
»Ich wollte zu Maruschka«, erklärte Finchen, »ich wollte sie fragen, ob ich ein paar Tage bei ihr wohnen kann. Weil es Mama so schlecht ging.« Sie bückte sich und rupfte ein Büschel Gras aus. »Ich wusste ja nicht, dass sie auch ins Krankenhaus musste.« Sie schwieg einen Moment und fügte dann tapfer hinzu: »Für Mama ist es jedenfalls gut, dass sie Maruschka hier als Freundin hat.«
»Und du?« fragte Felix. »Wo bleibst du jetzt? Kannst du hier weiter wohnen?«

»Nein«, Finchen guckte Felix nicht an, als sie das sagte, »nur für eine Nacht kann ich hier bleiben. Dann muss ich woanders hin. Nur für heute machen sie eine Ausnahme.« Sie zögerte. »Wenn du willst, dann zeig ich dir mal den Brief, den meine Mama mir geschrieben hat. Gestern morgen lag er auf dem Frühstückstisch.« Felix spürte, dass das ein großer Vertrauensbeweis war. Beinahe feierlich setzte er sich ins Gras. Finchen fummelte ein mehrmals zusammengefaltetes Papier aus ihrer Hosentasche und gab es ihm. Er las:

»Meine liebe Josefine,

es ist jetzt Mitternacht. Du schläfst tief und fest und träumst hoffentlich was Schönes. Hoffentlich erschrickst du nicht so sehr, wenn du morgen früh aufwachst und ganz alleine in der Wohnung bist. Aber es gibt keinen anderen Ausweg für mich.

Du hast ja gemerkt, dass es mir in letzter Zeit nicht gut ging. Ich war viel zu oft müde und manchmal sehr ungerecht mit dir. Die Wahrheit ist: Ich habe schon ganz lange viel zu viele Tabletten genommen. Ich war ja immer ganz allein mit dir, und manchmal konnte ich nachts vor lauter Sorgen und Gedanken einfach nicht schlafen. Dann hab ich Schlaftabletten genommen. Morgens war ich dann so müde, dass ich wieder andere Medikamente nehmen musste, um überhaupt hochzukommen. Und später am Tag brauchte ich wieder was zum Beruhigen. Auf die Dauer hat das aber alles nicht mehr geholfen. Ich konnte nicht mehr richtig traurig sein, und auch nicht mehr richtig lustig. Ich hatte nur noch rote, grüne und gelbe Pillen im Kopf.

Du hast gestern zu mir gesagt, dass ich überhaupt keine richtige Mutter mehr bin. Das hat sehr wehgetan, aber du hattest Recht. Als du gestern weggegangen bist, ist mir klargeworden: So kann es nicht weitergehen. Heute Morgen habe ich alle Tabletten ins Klo geschmissen. Aber ohne die Medikamente fühle ich mich sterbenskrank, und das wird jetzt von Stunde zu Stunde schlimmer. Ohne Hilfe schaff ich das nicht.

Ich weiß keinen anderen Weg: Ich nehme jetzt ein Taxi und fahre ins Krankenhaus. Dort bleibe ich so lange, bis ich mich wieder ganz gesund fühle – auch ohne Tabletten. Dann hast du endlich wieder was von deiner Mutter.

Und dich muss ich jetzt bitten, sehr vernünftig zu sein (das bist du ja sowieso meistens) . Du gehst in die Schule und wendest dich sofort an Herrn Hansen. Ich weiß, dass du Herrn Hansen vertraust. Ich habe ihm einen Brief geschrieben, den du bitte mitnimmst. Er wird dafür sorgen, dass du für ein paar Wochen bei einer netten Pflegefamilie oder in einem schönen Heim unterkommst. Und dann kommst du mich im Krankenhaus besuchen, ja?

Liebe Josefine, es tut mir so Leid. Als du zur Welt gekommen bist, habe ich gedacht, ich will alles tun, damit du es gut hast. Jetzt bist du ein ziemlich vernünftiges Mädchen geworden und ich eine ziemlich chaotische Mutter. Schade, dass wir keine Oma haben. Dann wäre alles viel leichter.

Und deinen Geburtstag, das versprech ich dir, den feiern wir noch mal ganz groß nach. Vielleicht erlauben sie dir im Kinderheim ja, dass du mich besuchst. Und wir sitzen am Sonntag schon bei einem großen Stück Torte im Krankenhaus zusammen.

Sei ganz lieb gedrückt und geküsst von

deiner Mama«

Felix las den Brief zweimal durch. Er wagte kaum, Finchen anzusehen. Irgendetwas muss ich jetzt sagen, dachte er. Aber alles, was ihm einfiel, kam ihm ziemlich dumm vor.
»Ich wusste ja nicht, dass du Geburtstag hattest«, sagte er schließlich ein bisschen lahm.
Finchen lachte. »Hab ich ja auch erst morgen.«
»Das ist ja Klasse.« Felix fühlte sich noch immer befangen. »Was wünschst du dir denn?«
»Ach«, sagte Finchen leichthin, »was ich mir wünsche, das krieg' ich sowieso nicht.«
Maruschka kam über die große Wiese auf die beiden Kinder zugerollt. Sie strahlte Felix und Finchen an: »Diesmal ist es hier viel schöner als sonst. Überall sind Kinder!« Ein einzelnes Passagierflugzeug zog weit oben über den blauen Himmel und hinterließ einen weißen Kondensstreifen. Maruschka schaute unruhig nach oben.
»Du brauchst keine Angst zu haben«, sagte Finchen ganz ruhig zu Maruschka. »Der Krieg ist vorbei. Das Flugzeug bringt nur ein paar Reisende nach Afrika. Oder nach Paris.«
Maruschka atmete hörbar auf.

Ganz selbstverständlich nahm Finchen Maruschka an die Hand. »Komm, wir gehen zu Mama zurück.«
Felix kam sich ein bisschen überflüssig vor, wie er hinter den beiden hertrottete. Aber so hatte er Zeit zum Nachdenken. »Wenn sie wirklich deine Freundin ist, musst du auch mal was für sie tun«, das hatte er vorhin zu Jan gesagt. Der Satz ging ihm nicht mehr aus dem Kopf. Und plötzlich hatte er eine Idee.
Auf der Terrasse warteten Carlo, Lukas und Lena schon auf ihn. Die Patienten der Station saßen alle miteinander mit Jürgen Klaps in einer Runde und redeten leise und aufgeregt miteinander. Zorro umkreiste sie und sprach leise Gebete. Doch ab und zu warf er einen neugierigen Blick in die Runde.
Liese kam auf Maruschka zu und strahlte sie an. »Seit du hier bist«, sagte sie, »ist alles viel schöner geworden. Plötzlich ist hier richtig Leben in der Bude.«
Maruschka wiegte ihren großen Kopf: »Das sind die Kinder, nur die Kinder, die bei mir sind.« Dann guckte sie Felix an: »Wenn du morgen wiederkommst, sag ich der Anna, sie soll den Roller mitbringen.«
»Nicht nötig«, wehrte Felix grinsend ab. Er spürte noch immer die schmerzhafte Stelle an seinem Hinterteil.

Papa macht den Fernseher aus

»Das darf man ja auch keinem erzählen, dass man seinen Samstagnachmittag im Irrenhaus verbracht hat«, sagte Carlo. »Aber von Fußball hatte der Typ echt Ahnung.«
»Wieso Irrenhaus?« fragte Lena. »Das ist eine Klinik für seelisch Kranke. Das kann jedem mal passieren, dass er da hinkommt.« Sie hatte ihre Lektion gelernt.

»Und wann geht ihr mit mir ins Hallenbad?« fragte Lukas.
Er bekam keine Antwort.
Vor Manzinis Eisdiele verabschiedeten sie sich. Auch Felix wollte schnell nach Hause. Er musste mit Mama reden.
»Ihr wart klasse«, sagte er zu den Freunden, »ohne euch hätte ich Maruschka und Finchen nie gefunden.«
»Wenn du mal wieder einen Privatdetektiv brauchst – immer gern zu Diensten«, grinste Carlo.
»Glaubt bloß nicht, dass ihr beiden Trantüten das allein rausgekriegt hättet.« Lena war ein bisschen beleidigt.
»Hat das jemand behauptet? Den mach ich sofort zur Schnecke!« Carlo sah sich suchend um.
Lukas starrte Carlo bewundernd an.
»Wehe, du wirst jemals so wie diese beiden.« Lena nahm ihren Bruder an der Hand und zog ihn mit sich. Dann drehte sie sich nochmal zu Felix um. »Schick mir 'ne Karte, wenn du dich mit Finchen verlobst.«
Mama machte die Tür auf und sah Felix schweigend an.
Sie schien zu spüren, dass etwas Besonderes vorgefallen war.
»Hallo Mama«, sagte Felix und seine eigene Stimme kam ihm dabei ganz fremd vor, »ich wollte nur sagen, ich war nicht beim Fußball. Ich war beim Guten Sankt Georg. Finchen ist auch da, und Maruschka und ihre Mutter. Also Finchens Mutter. Wo die zwanzig Kinder sind, Maruschkas Kinder, wissen wir nicht genau. Und Finchen hat morgen Geburtstag und darf deshalb dort schlafen. Aber nur für eine Nacht.«
»Ich verstehe keine Wort«, sagte Mama. »Komm erstmal rein. Und dann immer der Reihe nach, bitte.«
Papa saß vor dem Fernseher, guckte Fußball und drehte sich kaum um, als Felix ins Wohnzimmer trat. Mama stellte Felix ein Glas Milch hin. Er nahm einen großen Schluck und

begann leise zu erzählen; Papa brauchte ja nicht alles mitzubekommen.
Er fing an mit Finchen: Dass sie verschwunden war und alle sich Sorgen machten. Und nur er, Felix, hatte die entscheidende Idee, wie man sie finden könnte. Vom Brunnen, von der Randale und von Jan berichtete er nur ganz kurz. Und setzte sofort hinzu: »Ich war natürlich nicht dabei.« Man muss schließlich wissen, wie viel man seiner Mutter zumuten kann.
Dafür schilderte er umso genauer, wie ihn der Lehrer Hansen am nächsten Tag ins Vertrauen gezogen hatte. Und wie froh er war, dass Lena und Carlo ihm halfen! Wie sie schließlich alle zusammen Maruschka gesucht und Finchen gefunden hatten. Und was er über Finchens Mutter erfahren hatte, erzählte er auch.
Mama schimpfte nicht und jammerte nicht. Sie stellte Fragen, sie hörte zu, sie dachte nach. Manchmal warf sie einen bedenklichen Blick in Richtung Fernseher. Aber Papa interessierte im Moment scheinbar nichts anderes als Fußball.
Lange saßen sie so zusammen. Felix konnte sich nicht erinnern, dass er überhaupt schon mal so lange mit seiner Mutter geredet hatte.
Zum Schluss kam das Allerwichtigste.
»Finchen hat morgen Geburtstag«, sagte Felix und holte Luft, »und ich möchte ihr etwas schenken. Das geht aber nur, wenn ihr einverstanden seid.« Er unterbreitete Mama seinen Plan.
»Tor!« – brüllte Papa in diesem Moment. – »Tor in der neunzigsten Minute!«
Er war von seinem Sessel aufgesprungen. »Das ist die Rettung! Wir steigen nicht ab!«

Einen Moment noch starrte er auf den Bildschirm, wo sich Fußballer in Knäueln auf dem Rasen wälzten. Dann machte er den Fernseher aus und wandte sich seiner Familie zu.
»Was tuschelt ihr eigentlich die ganze Zeit? Habt ihr Geheimnisse? Wird man hier vielleicht auch nochmal gefragt?«
»Du gehst jetzt in dein Zimmer, Felix«, erklärte Mama plötzlich sehr energisch. »Dein Vater und ich haben etwas zu besprechen.«

Sonntag 27. März

Das Ballett der Bäume

Finchen hatte tief und fest geschlafen. Als sie aufwachte, schien draußen schon die Sonne. Das Zimmer war leer.
Sie hatte Muße, sich umzusehen. Über ihrem Bett war ein Bild mit Tesa-Film angeklebt. Das war gestern abend noch nicht da gewesen. Ein sehr buntes Bild mit Engeln und Regenbogen, Katzen mit Flügeln und einer strahlenden Sonne. Finchen entdeckte auf dem Bild kein einziges schwarzes Flugzeug. Darüber war sie besonders froh.
Sie schwang sich aus dem Bett. Als sie auf den Flur trat, hörte sie am Ende aufgeregtes Gegacker. Dann klang aus dem Ess-Saal mehrstimmig und schräg, aber laut: »Hoch soll sie leben!« Und dann noch »Happy birthday!«
Finchens Mutter hatte Blumen geholt. Jürgen Klaps hatte wieder für Kakao gesorgt. Die Tische waren zusammengeschoben. Alle frühstückten gemeinsam und ließen sich viel Zeit dabei. Sonntags kamen ja keine Ärzte. Nur Jürgen Klaps war noch immer da.
Geschenke gab es nicht, bis auf Maruschkas Bild. »Ich kaufe dir später was Schönes!«, hatte Moni Finchen versprochen.
So recht glaubte Finchen nicht daran. Mama hatte schon so viel versprochen. Und sie sah noch immer so furchtbar müde aus. Ich brauch' auch keine Geschenke, dachte Finchen.
Wenn nur Mama wieder gesund wird.
Nach dem Frühstück brach eine merkwürdige Betriebsamkeit aus. Die Bewohner der Station liefen raunend und raschelnd

durch die Flure, verschwanden in der Küche und klapperten dort herum.
»Na denn wollen wir mal spazieren gehen«, sagte Maruschka zu Finchen. Finchen freute sich. Jetzt ist die Maruschka wie eine richtige Oma für mich, dachte sie.
Die beiden hatten sich an den Händen gefasst. Maruschka rollte auf ihre unnachahmliche Art: Die Füße bewegten sich schnell, die Beine langsam, der Körper kaum und der Kopf gar nicht, er glitt dahin.
Finchen schwebte. Ohnehin war sie leichtfüßig. Die Kunst zu gehen, ohne aufzufallen, beherrschte sie meisterlich. Doch heute war es mehr ihre gute Laune, die sie schweben ließ: Mutter wiedergefunden. Und zum Geburtstag eine neue Oma. Das war schon was.
Maruschka hatte wohl genau dasselbe gedacht. »Siehst du, min Deern, wenn du wirklich suchst, dann findest du auch.«
Finchen nickte. Dann nutzte sie die Gelegenheit: »Hast du deine 20 Kinder auch gesucht?«
Maruschka schwieg eine Zeit lang. Sie überlegte. Vielleicht kramte sie auch in ihren Erinnerungen. »Nein«, sagte sie schließlich, »die brauchte ich nicht zu suchen, die waren immer schon da. Ich habe einfach nie aufgehört, sie zu finden.« Das klang seltsam. Und auch wieder nicht. »So, wie man etwas, das man unbedingt sucht, auch findet, so kann man etwas, was man unbedingt braucht, auch behalten«, sagte Maruschka.
Finchen nickte. Das verstand sie.
»Ich hab erst gedacht, du bist sehr reich, vielleicht eine Königstochter oder so ...«
Maruschka strahlte Finchen an: »Das ist aber lieb von dir! Ja, wenn ich meine Kinder bei mir hab', dann bin ich auch reich.«

1996.
HW.

1996,
H.W.

H.W. 1998

Sie strich sich über ihre Röcke: »Und ich habe so viele schöne Sachen.«
»Was war denn dein Papa von Beruf?« fragte Finchen vorsichtig. Maruschka wiegte ihren großen Kopf hin und her. »Ich weiß nicht.«
»Dann könnte es ja immerhin sein, dass er König war«, stellte Finchen zufrieden fest.
»Das ist aber schön!« sagte Maruschka.
»Und von einem Schloß kannst du dann natürlich nichts wissen«, fuhr das Mädchen fort. Finchen dachte daran, wie sie sich Maruschkas Schloss vorgestellt hatte. Das war erst vor ein paar Tagen, aber es kam ihr vor, als wäre sie damals noch viel kleiner gewesen. Und fast tröstend fügte sie hinzu: »Vielleicht findest du das Schloss ja noch wieder. In Ostdeutschland oder so.« So etwas hatte sie schon manchmal in der Zeitung gesehen.
»Du musst mich mal in meiner Wohnung besuchen«, sagte Maruschka, »die ist auch sehr schön. Von meinem Fenster aus kannst du über die ganze Stadt gucken.«
Der Spaziergang war nun fast zu Ende. Sie näherten sich Haus 8 von der Rückseite her. Hier lag ein kleiner runder Park, der von uralten Bäumen umstanden war. Maruschka blieb stehen. Sie fasste Finchen mit der einen Hand und legte die andere über ihre Augen, als müsste sie sich vor der Sonne schützen. Doch die war von den hohen Bäumen verdeckt.
»Sind sie nicht wunderbar«, fragte sie leise. Finchen verstand, dass die Bäume gemeint waren. »Nun mach' die Augen zu.« Finchen gehorchte. »Die Bäume haben immer etwas zu erzählen«, fuhr Maruschka fort. Man muss ihnen nur zuhören können. Trotz Windstille glaubte Finchen ein leises Rauschen zu hören. Oder war das nur Maruschkas Stimme? »Hörst du

die dunklen Stimmen, das sind die Tannen. Und die hellen? Das sind die Pappeln. Das leise Flüstern kommt von den Birken. Es sind zwanzig insgesamt.«
Zwanzig Röcke, zwanzig Kinder, zwanzig Bäume ... Finchen wunderte nichts mehr. Jetzt hätten die Bäume auch einen Tanz aufführen und sich vor ihnen beiden verneigen können. In diesem Moment, an Maruschkas Seite, hätte sie alles geglaubt.
Doch die Bäume beschränkten sich auf ein kleines Orchester. Das tiefe Rauschen der Tannen und das silbrige Flüstern der Birken und Pappeln verschmolz zu einem feinen Gleichklang. Finchen stand mit offenem Mund da. Nur die warme Hand an ihrer Seite ließ sie spüren, dass sie weder schlief noch träumte. Auch Maruschka hatte die Augen geschlossen. Auf ihrem Gesicht lag ein großer Frieden. »Die Bäume sind meine Freunde. Und große Bäume sind starke Freunde. Hier ist ein guter Platz, um Geburtstag zu feiern.«
Sie hörten es beide gleichzeitig. Vom Haus 8 klang Musik zu ihnen hinüber. Maruschka strahlte: »Das Fest beginnt!«
Welches Fest?
Jetzt sah Finchen auch etwas. Unter den hohen Bäumen hatte jemand Bänke aufgestellt. Auf einer dieser Bänke saß Hermine und spielte Akkordeon. Versunken und hingebungsvoll entlockte sie dem Instrument eine Melodie, die Finchen irgendwie vertraut und irgendwie fehl am Platz vorkam. Maruschka sang leise mit. »O Tannenbaum, o Tannenbaum, wie grün sind deine Blätter.«

Etwas mehr Zitrone bitte

Finchen stand noch immer neben Maruschka. Beide konnten von ihrem etwas erhöhten Platz die ganze Szene gut überschauen. Wie sie so ruhig da standen, wirkten sie beinahe wie Feldherren vor der entscheidenden Schlacht. Nur schaute Finchen nicht verbissen drein, wie Feldherren es zu tun pflegen. Finchen strahlte, wie sie noch nie in ihrem Leben gestrahlt hatte. Innerlich und äußerlich. Schon jetzt waren so viele Menschen nur ihretwegen zusammengekommen wie nie zuvor.

Klapptische waren aufgestellt worden. Girlanden hingen an den Bäumen. Jürgen Klaps kämpfte mit einem Gartengrill.

»Da seid ihr ja endlich«, rief der Pfleger hinter den Rauchschwaden am Grill hervor. Der starke Mann mit den traurigen Augen half ihm mit einem Blasebalg. Die Zwillinge schleppten eine große Schüssel Kartoffelsalat herbei. Mehrere Stunden hatten sie gebraucht. Nun waren sie stolz wie Schneekönige und strahlten über ihre faltigen Gesichter.

»Oh wie schön«, sagte Maruschka, »da kommt ja Anna mit Moppel.« Sie deutete auf eine jüngere Frau mit einem Kinderwagen, die sich suchend umsah.

»Wer ist Anna?« fragte Finchen.

»Anna«, Maruschkas Stimme begann zu singen, »Anna ist mein Kind. Und Moppel ist mein Enkelkind. Komm, ich zeig' dir die beiden«, und sie nahm Finchen bei der Hand.

Allmählich werd' ich aus den vielen Kindern der Maruschka überhaupt nicht mehr schlau, dachte Finchen. Sie kamen nicht weit. Liese trat auf Finchen zu und legte ihr eine Kette aus Papierblumen um den Hals. »Die habe ich selbst gemacht«, sagte sie schüchtern. Finchen strahlte. Maruschka lachte: »Nun siehst du selbst wie eine Königstochter aus.«

Während Maruschka ihr Enkelkind begrüßte, musste Finchen erst einmal die Kinderbowle probieren, die Moni gerade anrührte. »Etwas mehr Zitrone, bitte«, sagte sie zu Zorro, der eifrig presste.
Finchen staunte über ihre Mutter. Sie hatte sie lange nicht mehr so gesehen wie in diesem Moment – mit klaren Augen und freundlichen Mundwinkeln.
Und schon wieder klopfte ihr jemand auf die Schulter. Finchen fuhr herum. Felix war gekommen!
»Herzlichen Glückwunsch«, grinste er breit, »das hättest du ja mal eher sagen können, dass hier'ne richtige Party stattfindet.«
»Wie schön, dass du kommst«, sagte Finchen ganz einfach. Und wurde dabei ein bisschen rot.
»Das Geschenk gibt's später«, erklärte Felix. »Erst muss meine Ma' noch mit deiner Ma' was besprechen.«
Was er sonst noch hätte sagen können, ging in einem ohrenbetäubenden Knattern unter. Ein Hubschrauber, dachte Felix im ersten Moment. Doch dann mischte sich lautes Tuten und aufgeregtes Gebell in das Motorengeräusch.
Ein alter, blauer Trecker bog von der Krankenhausseite in den Park ein.
Es war ein triumphaler Auftritt: Breitbeinig stand Jan hinter dem Steuerrad. Mit der einen Hand schwenkte er eine bunte Fahne, die andere hatte er zur Faust geballt. Sein gelber Irokesenkamm zeigte stachelig gen Himmel. Das Steuerrad hielt er mit den Knien. Wie eine Galionsfigur saß Hero auf dem Motorblock des Traktors. Er hatte ein frisch gewaschenes rotes Halstuch um.
Maruschka segelte strahlend auf den Freund zu. Und auch Felix und Finchen liefen zu dem blauen Trecker, dessen

Motor jetzt rumpelnd und stotternd zum Stehen kam. Schwanzwedelnd sprang Hero zu ihnen herunter.
»Ich bin ja nur froh, dass du so aussiehst wie immer«, brummte Jan zu Maruschka.
»Na, das weißt du doch inzwischen, mich kriegt niemand klein.«
»Sind die Flieger denn weg?« wollte Jan wissen. Maruschka nickte. Dann fragte sie zurück: »Und die Glatzen?«
»Auch weg.« Mit dieser knappen Antwort war das Thema für Jan erledigt.
Der Irokese warf einen verächtlichen Blick auf den Gartengrill von Jürgen Klaps. Der Pfleger war gerade dabei, Holzkohle aus einer großen Tüte nachzuschütten und ein paar weiße Würfel dazwischen zu verteilen. Grill-Anzünder.
»Na dann wollen wir doch lieber mal ein richtiges indianisches Freudenfeuer entfachen«, sagte Jan und guckte Felix an. »Du kannst mir helfen, Holz zu suchen. Bäume gibts hier ja genug.« Und schon schwang er sich wieder auf seinen Traktor. »Bin gleich wieder hier«, sagte Felix zu Finchen. Dann kletterte er hinterher.
»Ich komm' mit!« Finchen zog sich auf der anderen Seite des Treckers hoch.
Felix saß auf dem kleinen Sitz neben Jan. Unter ihm rüttelte eines der großen Räder des Traktors. Der Fahrtwind blies ihm ins Gesicht. Hero rannte hinter ihnen her. Felix fühlte sich großartig hier oben. Finchen saß ihm gegenüber und lachte. Die Menschen, die ihnen bei dieser Ehrenrunde durch den Park begegneten, guckten ziemlich erstaunt.
Jan grinste Felix kumpelhaft an. »War kein schlechter Tipp, hierher zu kommen«, sagte er. »Aber so wie's aussieht, wollen die Häuser mich heute gar nicht haben. Is' mir auch lieber so.«

»Wie bist du denn an dem Pförtner vorbeigekommen?« fragte Felix.
»Hab' ihm erzählt, ich bin vom städtischen Gartenbauamt angeheuert«, Jan kramte eine alte blaue Wollmütze hervor und zog sie sich über die bunten Haare. »Das' meine Tarnkappe. Für echte Notfälle.« Er sah tatsächlich aus wie ein Arbeiter.
»Weißt du eigentlich, warum sie hier ist – die Maruschka?« Finchen musste schreien, um den Lärm des Traktors zu übertönen. Jan bog von der Straße ab auf einen kleinen Wirtschaftsweg. Am Rande des Geländes hatte er einen Haufen mit abgesägten Ästen entdeckt. Hier brachte er den Traktor zum Stehen und schaltete den Motor ab. Bedächtig drehte er sich eine Zigarette.
»Als Maruschka so alt war wie ihr beide jetzt, war sie schon im Kinderheim. Muss so ähnlich gewesen sein wie hier. Ihre Eltern waren verschwunden. Damals war Krieg. Der Krieg, den die Nazis über die ganze Welt gebracht haben.« Finchen dachte an die Glatzen und verscheuchte den Gedanken sofort wieder. Jan fuhr fort: »In einer Nacht haben Bomber das Kinderheim zerstört. Maruschka hat überlebt, aber sie war ganz allein. Daran muss sie manchmal denken. Dann läuft sie vor allen Menschen weg. Manchmal auch vor mir.« Das klang noch immer ein bißsschen bitter.
»Ich versteh's ja auch nicht, was sie ausgerechnet hier will – in der Klapsmühle.« Jan lachte hart auf. »Aber sie fühlt sich hier sicher. Und in spätestens zehn Tagen steht sie wieder am Brunnen. Notfalls hol' ich sie mit meinem Trecker hier raus.« Jan schwang sich auf die Erde. »So, nun helft mir mal beim Aufladen!«

Ein indianisches Freudenfeuer

Es wurde ein Fest, von dem man im Krankenhaus zum Guten Sankt Georg noch lange sprechen sollte.
Die kleine Wiese unter den hohen Bäumen wurde zum Anziehungspunkt für alle, die vorbeikamen: Patienten, Besucher, Krankenschwestern und Pfleger gesellten sich im Laufe des Nachmittags zu der Festgesellschaft. Wildfremde Menschen wünschten Finchen alles Gute. Und auf geheimnisvolle Weise wussten sie alle etwas beizusteuern. Schokoküsse und Kuchenstücke, Frikadellen und Grillwürste türmten sich immer wieder aufs Neue auf den Tischen, ohne dass irgendjemand genau sagen konnte, wie sie den Weg aus der Krankenhausküche hierher gefunden hatten.
Finchen saß mit dem Baby auf einer Decke im Gras, ein bisschen abseits vom großen Trubel. Immer wieder schleuderte das Baby seinen roten Stoffball so weit wie möglich von sich weg. Finchen musste ihn wiederholen, und das Baby lachte. Anna war ein wenig mit Maruschka spazieren gegangen und hatte Finchen ihr Kind anvertraut. Nun kam sie zurück und setzte sie sich zu den beiden ins Gras.
»So ein kleines Geschwisterkind hab ich mir immer gewünscht«, sagte Finchen ein bisschen schüchtern.
»Ich hätte gern auch noch mehr Kinder«, sagte Anna, »aber es ist manchmal nicht leicht, das alles zu schaffen.« Finchen nickte.
»Darf ich dich was fragen?« fragte sie Anna zaghaft.
»Hast du wirklich noch neunzehn Geschwister? Bist du eins von den 20 Kindern von Maruschka ?« Anna lächelte und schüttelte den Kopf.
»Meine Mutter hat mich und Moppel. Und sie hat die

20 Kinder, die immer bei ihr sind.« Finchen schaute sie fragend an.
Anna seufzte. »Es ist eine traurige Geschichte. Und ich kenne sie selbst noch nicht lange: Als meine Mutter ein Kind war wie du, ist ihre Stadt bombardiert worden. Alle Kinder aus ihrem Schlafsaal mussten zusammen in einem Keller. Aber meine Mutter wollte nicht und hat sich unter einem Tisch versteckt.«
Finchen schwieg. Es schien ihr kaum vorstellbar, dass die liebe, lustige Maruschka so etwas Schreckliches erlebt hatte. Aber Finchen verstand jetzt.
»Es waren zwanzig«, fragte sie leise, »sind sie alle tot?«
Anna nickte. »Ja, sie sind ums Leben gekommen. Aber meine Mutter hält sie auf ihre Art am Leben. Sie hört ihre Stimmen und nimmt sie überall mit hin. Ich glaube, das ist gut so. Nur manchmal – für kurze Zeit – fehlt ihr die Kraft. Es muss sehr viel Kraft kosten, zwanzig Kinder am Leben zu halten.«
Das leuchtete Finchen ein. Zwanzig Kinder, die lebten, am Leben zu halten, war ja schon schwer genug. Wie viel schwerer musste das sein bei zwanzig Kindern, die eigentlich schon gestorben waren.
»Vielleicht können wir ihr ja dabei helfen«, schlug sie vor.
Anna lächelte. »Ihr helft ihr doch schon. Solange sie Kinder um sich herum hat, ist alles viel leichter für sie.«
Finchen dachte an das Bild von dem Märchenschloss, das sie gemalt hatte. Alle Kinder der Maruschka waren darauf und guckten lachend aus den Fenstern. Sie beschloss, Herrn Hansen zu fragen, ob sie es wiederhaben könnte, um es Maruschka zu schenken.
Anna schwieg einen Moment. »Die Geschichte meiner Mutter ist aber nicht nur traurig«, fuhr sie fort. »Nach dem

Krieg war sie erst im Heim. Später ist sie allein und verstört durchs Land geirrt. Sie hatte im Krieg nicht lesen und schreiben gelernt, und sie war noch immer sehr traurig und verwirrt. Irgendjemand ist dann auf die Idee gekommen, sie in eine psychiatrische Klinik zu stecken, wo sie für Jahre eingesperrt blieb. Und doch hat sie dort auch Menschen gefunden, die ihr geholfen haben. Sie hat wieder gelernt zu leben. Sie hat angefangen zu malen, ist nach Paris gefahren, und sie hat schließlich mich bekommen – ihr eigenes Kind.«

So wie Mama, dachte Finchen. Die muss jetzt auch wieder lernen zu leben. Ohne Pillen. Sie schaute über den kleinen Festplatz.

Mama saß mit Felix' Mutter auf einer der Holzbänke. Sie tranken Kaffee und waren ins Gespräch vertieft. Hermine spielte auf dem Akkordeon »O du lieber Augustin«. Maruschka drehte sich zu der Melodie im Kreis. Sie tanzte. Der schöne Mann und Jürgen Klaps klatschten den Takt. Die Zwillinge schlugen sich die Bäuche mit Kartoffelsalat voll. Im Augenblick sah es so aus, als könnte es nicht sehr schwierig sein, leben zu lernen.

Felix hatte mit Jan zusammen einen großen, kreisrunden Holzstapel errichtet. Jetzt kam er zu Finchen herübergelaufen. »Gleich machen wir das Feuer an«, erzählte er begeistert. »Ein indianisches Freudenfeuer. Es wird auf eine ganz besondere Art aufgeschichtet. Jan hat es mir genau gezeigt und gesagt, es vertreibt schlechte Stimmungen und Gedanken.«

Er zog Finchen mit sich. »Ich muss noch etwas mit dir besprechen.« Felix sprach jetzt ohne Punkt und Komma. »Weißt du schon, wo du wohnen kannst, bis deine Mutter

aus dem Krankenhaus zurückkommt?« Finchen blickte erschrocken auf. Musste das jetzt sein?
Natürlich hatte sie darüber nachgedacht. Aber irgendwie waren ihre Gedanken im Kreis verlaufen und zu keinem Schluss gekommen: Jans Haus auf Rädern, Lehrer Hansen, Maruschkas Schloss, das Krankenhaus ... und wieder von vorn. Sie blickte Felix ratlos an.
Felix ließ sich nicht beirren. Er redete einfach weiter. »Ich lad' dich ein. Zu mir.« Großzügig fügte er hinzu: »Wenn dich Kurts Motorradposter an der Wand nicht stören ... « Finchen blickte ihn entgeistert an.
»Bist du total beknackt?«, stieß sie hervor. Felix grinste breit. »Du hast hier in der Klapse geschlafen, ich nicht«, erinnerte er sie spöttisch.
»Aber nur für eine Nacht!« Nun musste auch Finchen lachen. »Ehrlich«, sagte Felix, »du kannst bei uns wohnen. Es ist alles schon besprochen. Mein Bruder ist bei der Bundeswehr, da haben wir sowieso ein Zimmer übrig. Du bleibst bei uns, bis deine Mutter aus dem Krankenhaus kommt. Ab morgen können wir jeden Tag zusammen zur Schule gehen. Das ist übrigens mein Geburtstagsgeschenk für dich.«
Das indianische Freudenfeuer begann, dicke Rauchwolken auszuspucken. Das Holz schien noch ziemlich feucht zu sein. Aber der Irokese hatte weise gehandelt. Denn niemand konnte genau sagen, ob es noch etwas anderes war als der beißende Qualm, der den beiden Kindern jetzt die Tränen in die Augen trieb. Und wer da wem um den Hals gefallen war, war hinter den dichten Schwaden ganz unmöglich zu erkennen.
Am Abend saßen sie noch einmal alle zusammen auf den Holzbänken. Einige Gäste waren schon gegangen, aber die

Bewohner von Haus 8 waren noch da. Und natürlich Felix und Finchen, Jan und Maruschka, Anna und Moppel, Moni und Felix' Mutter. Tagsüber war es schon richtig warm gewesen, aber jetzt wurde es rasch kühl. Nebelschwaden zogen unter den großen Bäumen auf. Vielleicht waren es auch die letzten Rauchzeichen des irokesischen Freudenfeuers.

Jetzt werd' ich wohl auch noch schizophren, dachte Felix. Er traute seinen Augen nicht. Dort hinten, unter den Bäumen, tanzte ein feuerroter, riesiger Drache. Ganz deutlich tauchte die Gestalt jetzt aus dem Dunst auf und tänzelte auf das Feuer zu. Es war eine zugleich prachtvolle und Furcht erregende Erscheinung: Aus dem riesengroßen, feuerroten Maul des Drachen ragte eine gierige, mitternachtsblaue Zunge heraus. Zwei lange, spitze, goldene Zähne funkelten darüber. Der Drache hatte ein grünes und ein rotes Auge, und aus seinen Nüstern stiegen kleine Rauchwolken auf. Körper und Schwanz des großen Tieres waren von einem zotteligen Fell bedeckt, gestreift in allen Farben der Welt.

Die ganze Festgesellschaft war verstummt. Felix beruhigte das sehr. Er war nicht der einzige, der über das riesige Fabelwesen staunte. Was hier passierte, schien jedenfalls kein fernsehen ohne Fernsehapparat zu sein. Hermine griff noch einmal zum Akkorde an und spielte: »Ich weiß nicht, was soll es bedeuten.« Aber es hörte sich überhaupt nicht traurig an. Der Drache hatte begonnen, das Feuer zu umrunden. Hero hatte den Schwanz eingezogen und winselte unglücklich vor sich hin. Felix stellte fest, dass der Drachen Schuhe anhatte. Nun nahm er Kurs auf Finchen. Völlig verzaubert starrte das Kind das Ungeheuer an. Einen Moment umtänzelte der

Drache das Mädchen, dann kam er zum Stillstand und neigte possierlich sein Haupt vor ihr. Es war unglaublich: Der Drache machte einen Knicks, nur Finchen wagte es, ihm den Kopf zu tätscheln. Hero knurrte leise vor sich hin.
Dann erschienen zwei ziemlich menschliche Arme unter dem Drachenkopf und hoben ihn hoch. Aus der riesigen Maske schälte sich der schöne Mann mit den traurigen Augen.
»Das war unser Geburtstagstanz für dich, Josefine«, sagte er ganz ernst, »mit allen unseren guten Wünschen für dein weiteres Leben.« Aus dem Körper krabbelten die alten Zwillinge und strahlten um die Wette.
»Sie bauen seit Wochen in der Beschäftigungstherapie daran«, sagte Jürgen Klaps zu Felix' Mutter. »Heute haben sie mich so lange gelöchert, bis ich ihnen aufgeschlossen habe und sie den Drachen rausholen konnten.« Sein Blick glitt über die bunt zusammengewürfelte Festgesellschaft, den heruntergetrampelten Rasen, den hellblauen Traktor und über den Drachen, der würdevoll neben der großen Feuerstelle lag. Besorgt fügte er hinzu: »Wenn ich die Dinge richtig sehe, werd' ich morgen ziemlich viel Ärger haben.« – »Das lässt sich manchmal nicht vermeiden«, sagte Felix' Mutter.
Und Jürgen Klaps war sich ganz sicher: Der Drache zwinkerte ihm aufmunternd zu.

Montag 14. Mai

Klassenreise

Eine ziemlich aufgeregte Kinderschar hatte sich vor dem Westbahnhof versammelt. Am aufgeregtesten aber war der Lehrer Hansen. Seine erste Klassenreise! Neben den Kindern war ein beeindruckender Berg von Gepäckstücken aufgeschichtet. In wenigen Minuten würde der Bus kommen und sie mitnehmen. Auf eine Insel in der Nordsee.
Finchen freute sich darauf, das Meer zu sehen. Mama hatte in letzter Zeit so viel vom Meer erzählt, von Frankreich, vom Atlantik. Von den hohen Wellen. Und dass es an der Nordsee ganz ähnlich war. Und sie hatte Finchen versprochen: Noch in diesem Sommer fahren wir beide zusammen nach Frankreich. Wir schlafen im Zelt und leben von Stangenbrot und Tomaten. Wir werden nicht viel Geld haben, aber den Strand und das Meer gibt's schließlich umsonst. Vielleicht würden Felix und seine Mutter sogar mit ihnen zusammen fahren.
Die beiden Mütter hatten sich gerade von Finchen und Felix verabschiedet. Mit tausend Ermahnungen und Erinnerungen, wo was eingepackt war, und dass sie sich immer warm genug anziehen sollten, und mal eine Karte schreiben und zusehen, dass sie auch genug Schlaf kriegen. Dabei fuhren sie doch nur für fünf Tage weg. Finchen hatte aber auch noch gehört, dass Mama und Felix' Mutter sich für den Abend verabredet hatten: Mal schön ins Kino und in die Kneipe. Wo sie doch diese Woche kinderfrei hatten.

Finchen war froh, dass Mama die nächsten Tage nicht immer allein sein würde.
Auch Felix war aufgeregt. Mit ein paar Jungs kickte er eine leere Coladose über den Platz. Er sah Finchen bei den anderen Mädchen in der Klasse stehen und dachte zufrieden: Es ist alles in Ordnung.
Er gab der Coladose einen schwungvollen Fußtritt. Sie kullerte über den halben Platz und landete vor den Füßen einer ziemlich dicken, bunt angezogenen Gestalt, die gerade aus der S-Bahn-Station getreten war. Maruschka, dachte Felix glücklich. Ohne Maruschka wäre das alles nichts geworden. Und es war ihm überhaupt nicht peinlich, dass sie ihn jetzt erkannte und auf ihn zusteuerte.
»Kindchen!« staunte Maruschka. »Kindchen, wollt ihr verreisen?«
Ganz aufgeregt setzte sie nach: »Fahrt ihr vielleicht nach Paris?« Auch Finchen hatte Maruschka entdeckt und war sofort zu ihr hingelaufen: »Nein, nur an die Nordsee ... aber Mama hat gesagt, ein bisschen ist es da auch wie in Frankreich!« Die Kinder aus ihrer Klasse waren verstummt und verfolgten neugierig das Gespräch zwischen den Dreien.
»Ich fahr' dieses Jahr nicht mehr weg«, erklärte Maruschka, »die Anna braucht mich für den Moppel, und Jan will auch, dass ich hier bleibe. Ist ja auch bald Sommer.«
Schon seit einiger Zeit starrte Herr Hansen grüblerisch auf die Frau mit dem großen Schild um den Hals. Plötzlich schien der Groschen gefallen. Er trat auf sie zu.
»Sind Sie vielleicht die Dame, die dieses schöne Bild gemalt hat, das Felix mit in der Schule hatte?« fragte er Maruschka höflich. Maruschkas Gesicht erstrahlte: »Das bin ich, Herzchen!« Herr Hansen räusperte sich umständlich, streckte

ihr die Hand hin und sagte: »Ich hab mich noch nicht vorgestellt. Mein Name ist Hansen, ich bin Lehrer für Kunst. Ihre Bilder interessieren mich sehr.« – »Angenehm, Himmelblau ist mein Name«, erwiderte Maruschka formvollendet. In diesem Moment fuhr laut hupend der Bus auf den Platz.

»Vielleicht können wir einmal miteinander Verbindung aufnehmen«, fragte Herr Hansen etwas steif. »Gern, mein Herzchen, du findest mich hier am Brunnen«, antwortete Maruschka in ihrem schönsten Singsang. Sie tätschelte Herrn Hansens Arm. »Du bist in Ordnung, mein Herzchen. Und meine Kinder haben dich auch ganz lieb.«

Und dann geschah etwas, was nur Maruschka bewerkstelligen konnte: Ein Erwachsener, noch dazu ein Lehrer, bekam einen knallroten Kopf.

Doch das sahen nur Felix und Finchen. Die anderen Kinder enterten bereits puffend und schreiend den Autobus.

Irene Stratenwerth, Thomas Bock
Die Bettelkönigin
3. Auflage 2013
ISBN 978-3-86739-041-5

Bibliografische Informationen der Deutschen Nationalbibliothek
Die Deutsche Nationalbibliothek verzeichnet diese Publikation
in der Deutschen Nationalbibliografie; detaillierte bibliografische Daten
sind im Internet über http: //dnb.ddb.de abrufbar.

Der Balance buch + medien verlag ist ein Imprint
der Psychiatrie Verlag GmbH, Köln.

Originalausgabe: Psychiatrie Verlag, Köln 2001
Umschlagkonzeption: p.o.l: kommunikation design, Köln
unter Verwendung einer Illustration von Hildegard Wohlgemuth
Typografie und Satz: Iga Bielejec, Nierstein
Gesetzt in der Warnock Pro
Druck und Bindung: KN Digital Printforce, Erfurt

Zeitfracht Medien GmbH
Ferdinand-Jühlke-Straße 7
99095 Erfurt, Deutschland
produktsicherheit@kolibri360.de